Emilio Napoletani

Amore d'altri tempi

Romanzo

www.lulu.com

www.lulu .com

Silenzio prima di nascere, silenzio dopo la morte.
La vita è puro rumore, fra due insondabili silenzi.

Isabel Allende

Capitolo 1

Veniva da me a piangere.

Piangere e raccontare la crudeltà che si era abbattuta sulla sua vita in quegli ultimi mesi.

Gli sembravano anni di tormento, espiazione di colpe sconosciute, un addensarsi di nubi oscure che toglievano ogni significato alla sua vita.

Era venuto ad abitare in quel paese della Bassa veronese, Isola della Scala, perché non sopportava di continuare a vivere a Verona che, dopo essere stata culla dei suoi primi anni giovanili, teatro di una sua evoluzione lenta e difficile, si era trasformata in una beffarda testimone delle sue disgrazie.

Io, Bruna Morin, vivevo là da sempre, mia madre mi aveva avviato ai lavori di sartoria industriale, giacché non aveva possibilità di mandarmi a studiare, e, avendo un padre spazzino e cinque fratelli più piccoli di me, dovevo sbrigarmi a dare una mano in famiglia, prima che i miei sogni da bambina d'incontrare l'uomo della mia vita, diventassero realtà.

Ero molto carina vent'anni fa, capelli rossi, occhi verdi, non molto alta e con i lineamenti da bambola. Le mie compagne dicevano che avrei potuto fare la presentatrice alla televisione, ma il mio parlare infiorato di forme dialettali non era certo una buona premessa per un tale lavoro. E poi... avevo sogni diversi. Avrei voluto essere la protagonista di una rubrica di corrispondenza in una rivista femminile e raccogliere le confessioni di tante disgraziate che, come lo sono io adesso, erano perdenti con la loro vita, il loro matrimonio o le disgrazie dalle quali erano state provate.

Nella realtà di allora andavo a lavorare in un laboratorio di confezioni dove, fin dal 1950, passavo otto o nove ore davanti a una macchina per cucire, dividendomi i compiti con le mie compagne, sotto lo sguardo attento di un padrone che ci sorvegliava come delle carcerate.

Per fortuna a volte doveva muoversi per i suoi contatti commerciali. Quando lo vedevamo inforcare la moto e partire tiravamo un grande sospiro di sollievo e tutte insieme gridavamo: "libero amore!" ridendo e dandoci gomitate. La Gemma, che era la nostra sorvegliante in seconda, ci lasciava fare, anzi rideva anche lei di quelle esplosioni di gioia.

Il lavoro era a cottimo, tutti i lavori dovevano essere contati e annotati, a ognuna era assegnata la sua parte, io dovevo applicare le tasche esterne ai pantaloni. Le ragazze più piccole (ce n'erano anche di undici anni) facevano i lavori più pesanti, tipo cucire il "cavallo". La Giannina un giorno si era infilato l'ago della macchina in un dito. La Gemma aveva dovuto sfilarglielo e medicarle il dito, mentre il sangue schizzava dappertutto. Non poteva certo portarla al pronto soccorso o denunciare l'infortunio poiché la bambina non aveva alcun inquadramento lavorativo e si dovevano seguire scrupolosamente le istruzioni del padrone. Allora eravamo ancora lontani dal '68.

Per buona parte dei lavoratori e delle lavoratrici sembrava una vera fortuna poter lavorare e portare a casa qualche lira, dopo gli anni bui della guerra il cui ricordo era ancora fresco nel cuore dei più. Aver avuto salva la vita era un dono di Dio e affermare i propri diritti sarebbe diventato sempre più somigliante ad affermare la propria adesione al comunismo, che già allora era indicato come una via di perdizione.

La Chiesa, nella città di Verona, guidava le fila della Democrazia Cristiana con forza notevole, e in quegli anni che vanno dal '50 al '60, aveva acquistato sempre più potere. Quel partito non aveva alcun ideale politico, solo quello di fare argine al Comunismo e mantenersi fedele alla Chiesa Cattolica, per cui qualunque altro partito avrebbe rappresentato una pericolosa deviazione dai dettami dello Stato Pontificio.

In materia sociale la perfezione era dettata dall'enciclica papale "De Rerum Novarum", qualunque via alternativa sarebbe stata un peccato.

Chi andava a confessarsi dopo le elezioni era interrogato su quale fosse stata la preferenza elettorale. Non parliamo del partito comunista, giacché in questo caso il peccato era talmente grave da meritare la scomunica. Una bolla era stata emessa nel 1949 e confermata nel '59, e questa colpiva tutti gli aderenti alle teorie marxiste. Fortuna volle che i tempi comunque fossero in corso di cambiamento e l'impatto di quella bolla non aveva aumentato l'isolamento di quei "reprobi" più di quanto lo fosse già prima. Chi avesse votato per un partito diverso avrebbe comunque commesso un grave peccato.

Il mio amico Beppe, cui erano state instillate idee liberali dai propri insegnanti liceali e che di conseguenza aveva votato per il partito liberale, era stato invitato al pentimento e al sincero proposito di non fare più un simile peccato.

Il dovere di qualunque buon cattolico era di favorire con tutte le sue forze il partito Democratico Cristiano che era l'unico che garantiva il rispetto della Chiesa e che non avrebbe mai acconsentito a "oscenità" come il divorzio o peggio ancora l'aborto legalizzato. Chi aderiva al Partito Democratico Cristiano aderiva alla dottrina sociale della Chiesa e a tutti i futuri cambiamenti che la stessa avesse voluto apportare, poiché solo la realizzazione delle indicazioni dello Stato Pontificio era da considerarsi la via di salvezza per l'anima e per l'Italia.

La lotta al comunismo, al materialismo ateo, e alle perverse dottrine marxiste, doveva essere in primo piano nei programmi di qualunque buon cittadino. Il che si traduceva anche nel fatto che quando qualcuno cercava lavoro, si doveva interpellare il parroco per sapere se costui dimostrava di essere un buon cristiano, frequentando la Messa domenicale, i sacramenti e le riunioni parrocchiali e se così era, allora si poteva assumere tranquillamente, altrimenti potevano sorgere problemi a non finire.

In quest'ottica Beppe, che per idiosincrasia viscerale non frequentava la Chiesa, vedendo che la ricerca di un posto di lavoro si dimostrava lunga e penosa, decise di seguire il consiglio di un suo amico che lavorava presso le Cartiere di Verona e che un giorno gli disse:

-Perché non ti iscrivi alla D.C.? Oggi la tessera della D.C. è come anni fa quella del fascio, ti apre tutte le porte!-

Beppe si recò presso la sede della D.C. e disse:

- Buon giorno, io vorrei iscrivermi al Partito.-

L'incaricato dopo avergli chiesto di quale parrocchia facesse parte gli disse:

- Bene, vuole iscriversi alla D.C., e perché viene qui da me? Vada dal suo parroco no? Lui penserà a tutto.-

Al che Beppe, meravigliato e preso alla sprovvista da quell'affermazione così strana, biascicò qualche parola tipo:

- Scusi sa, io credevo che essendo questa la sede...-

e l'altro replicò:

- Vada, vada. Vada dal suo parroco. Buongiorno!-

A questo punto Beppe ebbe una crisi di coscienza. Si propose di non votare mai più partito liberale ma sempre e in qualunque circostanza della sua vita per il partito comunista.

In genere Amerio arrivava da me la sera dopo cena. Quella che lui chiamava cena era un pezzetto di formaggio o un po' di affettato con un po' di pane. Del resto gli sembrava di aver mangiato abbastanza a mezzogiorno presso la mensa aziendale. Il suo peso era sceso dai suoi classici settantadue chili dei tempi che considerava d'oro e in cui viveva in apparente armonia con la moglie Adelina, agli attuali cinquantadue chili. Aveva provato davanti a me i suoi capi d'abbigliamento trasferiti nella nuova casa in occasione della separazione e non avevo potuto fare a meno di ridere per l'enormità del giro vita dei pantaloni, e le spalle cascanti delle giacche. Sarebbe stato troppo pretendere di rimodellare tutti quei capi, e gli sarebbe costato ancor più che acquistare qualcosa di nuovo. Io mi ero assunta l'incarico di salvare qualche maglione con la pulitura a secco che era il mio lavoro e su cui il mio ex marito non aveva potuto metter mano.

Dal canto suo Amerio aveva acquistato qualche capo alla moda a basso prezzo e scarpe con i tacchi che usava non soltanto per andare in discoteca a stordirsi, ma anche per le riunioni di lavoro dove il suo abbigliamento approssimativo, ormai scevro da camicia e cravatta, faceva spicco fra gli altri dirigenti della società che indossavano inappuntabili completi. La sua presenza era mal sopportata, le sue disgrazie ben poco comprese. In quella società, in una Milano in subbuglio per le frequenti scorrerie di "gruppu-scoli di estrema sinistra" che andavano girando con catene, spac-cando vetrine e procurando danni alle vetture, era importante per un dirigente mostrarsi all'altezza dei suoi incarichi, con un abbigliamento sobrio e una vita familiare irreprensibile.

Nel 1977 la presenza di uno che, pur avendo meriti organiz-zativi e professionali ampiamente riconosciuti, dava letteralmente i numeri arrivando alle riunioni con scarpe con i tacchi alti, pantalo-ni chiari e maglione giallo, metteva tutti a disagio, e i "superiori" cominciavano a pensare al da farsi.

Tanto più che nessuno, in quel contesto dirigenziale, si az-zardava a separarsi dalla moglie e a cercare di costruirsi una nuova vita. Sarebbe stato darsi la zappa sui piedi e troncarsi ogni possibi-lità di ulteriore carriera.

Erano ammesse solo le infedeltà coniugali ben dissimulate, in modo che vista dall'esterno la famiglia potesse apparire ben fondata e ogni suo componente si adeguasse perfettamente al suo ruolo.

Tutto questo era qualcosa che nella vita normale stava già sfuggendo, i costumi cambiavano a vista d'occhio, il divorzio era già una realtà nelle leggi vigenti, ma, in quel contesto, estre-mamente conservatore, le novità portate dalle sinistre rappresenta-vano qualcosa cui non bisognava comunque cedere.

Io lo conobbi mentre era appena stato sollevato dal suo inca-rico e messo in un piccolo ufficio a rilevare le presenze del perso-nale e fare qualche altro lavoretto di poco conto. Speravano che lo smacco subito gli avrebbe sollevato un po' di orgoglio e l'avrebbe portato a dimettersi. (Del mobbing allora mancava non solo la leg-ge ma anche la parola). Questo non avvenne poiché il suo orgoglio era stato già abbondantemente ferito dalle vicende familiari e quindi un nuovo smacco nel campo lavorativo, al confronto, era ben poca cosa. D'altronde altri passi non furono fatti giacché la persona che aveva occupato il suo posto non era assolutamente in grado di gestire la mole di lavoro che comportava, e i telex dall'alta direzione denunciavano errori a non finire.

Il nostro era stato un incontro fortuito in lavanderia e per un moto istintivo di fiducia e di simpatia gli avevo aperto le porte della mia casa, perché trovasse un po' di conforto e si potesse almeno sfogare con qualcuno. Il mio senso materno inespresso poi faceva il resto.

Gli preparavo un caffè e lo facevo sedere sul divano del soggiorno. Poi mi sedevo accanto a lui e cercavo di farlo parlare, poiché speravo che così si sarebbe finalmente liberato da quell'ambascia e forse avrebbe cominciato a guardarsi intorno.

Quel che inizialmente capivo era che il suo matrimonio, per tanti anni così felice e allietato dalla nascita di quattro figli, era stato messo in crisi da un prete che aveva sedotto la moglie che ora viveva con lui. Avevano concordato una separazione consensuale dividendosi i figli: i piccoli alla madre e le due ragazze più grandi con il padre.

Io non avevo avuto problemi nella ripartizione dei figli perché non ne avevo mai avuti. Nei primi anni di matrimonio eravamo costernati da questo inganno del destino. Io ero molto desiderosa di avere figli, mio marito pure. Avevamo fatto tutte le ricerche cliniche per appurare la causa di questa difficoltà, ma sia io sia lui eravamo perfettamente normali. I medici dicevano che le cause potevano essere solo psicologiche.

Questo ci faceva pensare che volevano eludere il problema poiché non sapevano darci una soluzione. Così cominciammo a rassegnarci e lui cominciò a bere.

Toni era carpentiere e a volte c'era molto lavoro, altre volte rimaneva a spasso. Preferisco parlarne al passato pensando alle sere infelici che dovevo passare quando tornava ubriaco e cominciava a picchiarmi senza alcun motivo. Era completamente fuori di sé in quelle circostanze, poi il mattino, smaltiti i fumi dell'alcool, diventava tenero e indifeso e si faceva perdonare e prometteva che non ci sarebbe più ricascato.

A volte riusciva a resistere per qualche periodo più o meno lungo, poi una sera tornava a casa in quelle condizioni e tutte le mie speranze si affloscivano come un palloncino bucato.

Una decina di anni fa cominciò un lungo periodo di astinenza, ero felice di vedere che finalmente le mie preghiere erano state esaudite e potevo sperare ancora di riallacciare un rapporto felice con lui. In realtà lo vedevo sempre più freddo, rifiutava di fare l'amore, spesso mancava da casa e non diceva dove andava. Litigava per un nonnulla e mi asciugava gli introiti della lavanderia al punto che cominciavo a indebitarmi e temevo di perdere quella possibilità di lavoro conquistata con tante difficoltà.

Non riuscivo più a reagire, stavo perdendo interesse a ogni cosa e di notte non potevo dormire. Sentivo un grande vuoto dentro di me e spesso l'idea di morire balenava davanti alla mia mente come una soluzione a tutti i problemi. Addormentarmi al dolore, ai dispiaceri e non sapere più nulla di quel che accadeva in questo mondo.

Mi chiedevo come fosse potuto uscire dall'alcolismo perdendo contemporaneamente qualunque interesse per me.

L'ipotesi che si faceva sempre più strada era che Toni avesse trovato un'altra donna con la forza di cambiare i suoi codici interiori e allontanarlo da me. Era una pura ipotesi finché un giorno casualmente li vidi insieme. Al momento rimasi fredda e sconcertata, con una specie di piacere sottile nel costatare che i miei dubbi erano fondati.

Non volli dire nulla, un senso di devastazione interiore mi cresceva dentro e sentivo che la morte aleggiava sopra di me. Mi sentivo brutta, inadeguata e incapace, pensavo che l'unica era finirla per sempre. Ormai Toni non aveva più bisogno di me. Era guarito con le proprie forze e con l'aiuto di una che sicuramente ci sapeva fare.

Forse avrebbe potuto dargli anche un figlio, colmando quel vuoto che per anni ci aveva impedito di realizzare pienamente la nostra unione. Passai qualche giorno in questo crescente stato di depressione, fra lacrime e sospiri.

Una sera, dopo aver chiuso la lavanderia, salii in casa e senza neanche richiudere la porta, mi recai in cucina, impugnai il coltello più tagliente, mi chiusi in bagno e dopo aver scoperto il braccio sinistro, vi affondai la lama per tagliare le vene e lasciare che il mio sangue pieno di tristezza e la mia vita ormai inutile se ne andassero lungo le tubature di scolo come materiali di rifiuto.

Non ricordo cosa avvenne di lì a poco, quel che rammento è che mi svegliai con un forte dolore al braccio, in un letto di ospedale mentre un medico e due infermiere si raccontavano qualcosa e ridevano.

Tornai nel mio sopore e il primo ricordo, mi dicono che erano passati dei giorni, è che due infermieri mi portavano tenendomi sotto le braccia lungo un corridoio fino a una piccola stanza in penombra dove mi fecero sedere su una sedia. Di fronte a me c'era un uomo. Avevo appena intravisto tutto questo perché aprire gli occhi mi costava molta fatica, e così rimasi seduta immobile.

La persona di fronte a me faceva qualche domanda, ma non riuscivo neanche a seguirlo né a capire che cosa volesse da me. Fra l'altro non vedevo il camice bianco e fra me e me pensavo che quello non dovesse essere un medico. L'avventura si ripeté giornalmente forse per tre o quattro giorni, finché una sera il "dottore" mi si avvicinò con un pettine in mano e cominciò a pettinarmi dolcemente.

All'istante affiorarono numerosi ricordi alla mia mente, spesso la mia sorella più giovane giocava a fare la parrucchiera e mi pettinava. Aveva sette anni circa ed io qualche anno in più. Lei poi era morta di difterite lasciando un vuoto nella mia adolescenza.

Questi ricordi mi acuirono l'attenzione e mi resi conto che quell'uomo, che poi capii essere un laureando psicologo che faceva pratica di terapia breve, mi rivolgeva domande con un filo di voce in quell'atmosfera ombrosa, allo scopo di farmi parlare. Effettivamente cominciai a sentirmi a mio agio, poi seppi anche che aveva ottenuto dal primario l'autorizzazione a cessare la somministrazione dei pesanti antidepressivi di "routine" e di limitarsi alla somministrazione di ansiolitici. Gli raccontai anche della sensazione che mi aveva sbloccato, quando sentii pettinare i capelli. Tutto questo dopo che erano passati quindici giorni e quindici delle sue sedute di psicoterapia breve.

Mi aveva tirato fuori tutte quelle angosce insolute che come prigioniere nei sotterranei del castello, da tempo premevano e premevano contro muri, porte e finestre sigillate, senza trovare alcuna possibilità di uscita.

Capii che la mia vita con Toni era finita e la mia andava ricostruita. Ormai avevo rinunciato alla morte come chiave risolutiva di ogni travaglio e attendevo il momento di rivedere mio marito per proporgli la separazione e il divorzio.

Quando tornai a casa lo trovai serio e deciso. Mi disse che non si sentiva più di vivere con me, che si sentiva in debito verso quella donna che gli aveva fatto provare tanta felicità e lo aveva liberato una volta per sempre dal vizio del bere. Gli dissi che avevo pensato anch'io la stessa cosa e così preparammo le carte per la separazione.

Erano passati tre anni e la mia vita procedeva tranquilla. La mia mamma era molto più presente, ci vedevamo spesso e la domenica andavo da lei e ci facevamo compagnia. Da qualche settimana Amerio veniva a trovarmi la sera e a volte mi chiedevo se quell'uomo così squinternato avrebbe mai potuto ricostruirsi una vita e ritrovare la fiducia in se stesso. Io che avevo sofferto parecchio avevo buone possibilità di stargli vicino e di capirlo. In fondo tocca sempre alle donne guarire gli uomini. Salvo qualche rara eccezione!

Capitolo 2

Essere donna è un dono fantastico. Sono certo che Dio stesso se fosse posto davanti alla scelta, prediligerebbe l'essere donna per abbracciare meglio tutte le creature. Solo la paura può spingere un uomo a far soffrire una donna, la paura della propria immagine e della propria incompletezza.

La domenica era il giorno più triste per Amerio, dopo che aveva lasciato una fidanzatina sedicenne, i cui baci avevano un forte sapore di salame all'aglio che guastava la poesia di quegli incontri domenicali. Amerio l'aveva incontrata ai giardini di piazza Brà a Verona, insieme con altre ragazze sue amiche. L'aveva colpito la figura alta e slanciata che contrastava piacevolmente con un viso imbambolato e ingenuo, dove il rossetto sulle labbra sembrava un fatto estraneo alla sua persona, quasi la volontà di essere un poco più donna. Si chiedeva da dove potesse scaturire un tipo così, con un corpo da ballerina e un volto da campagnola.

Veniva da Isola della Scala, paese a poca distanza da Verona, raggiungibile facilmente in treno, che aveva una sua nobiltà territoriale dovuta all'antico soggiorno dei Cangrande della Scala.

S'incontravano là la domenica, pomeriggio e sera, nelle ore in cui Maria poteva sottrarsi alla vigilanza della madre, preoccupata comunque di trovarle un marito che la potesse alleggerire della preoccupazione per il futuro di quella figlia, in modo che potesse occuparsi solamente dell'altro, un ragazzino un po' ribelle, con il pallino del dipingere.

All'epoca Maria lavorava presso un commercialista come commessa e Amerio, che passava il suo tempo a studiare per un concorso statale, a volte riusciva a incontrarla mentre usciva per qualche incombenza. Più che altro doveva fidarsi della telepatia giacché i telefonini erano ancora molto lontani negli orizzonti della tecnica. Quella stessa presunta telepatia cominciò a lavorare in senso contrario, poiché Amerio cominciava a scoprire in se stesso, aspetti di gelosia tipici di un maschio latino e cominciava a definire in se stesso i requisiti che avrebbe dovuto avere sua moglie.

Primo fra tutti la capacità di vivere isolata dal mondo del lavoro e possibilmente da amicizie che non fossero amicizie comuni, perfettamente sotto controllo.

Secondo, la disponibilità a procreare molti figli e a occuparsi di loro a tempo pieno. Questo era anche l'indirizzo della Chiesa: il fine del matrimonio è la procreazione e non si devono porre limiti alla possibilità di avere figli.

Un giorno era andato a una conferenza indetta dall'Azione Cattolica, il cui titolo era: in dodici lo chiamano papà.

La sala era gremita e questo illustre signore non ancora cinquantenne, sciorinava le innumerevoli ragioni per cui in ogni coppia che vuole vivere in grazia di Dio, il marito deve "amare" sua moglie fino in fondo, scartando nel modo più assoluto il preservativo e, nei casi veramente difficili, deve affidarsi al parere del confessore e all'unico metodo di contraccezione accettato dalla Chiesa, che era l'Ogino-Knauss.

Ad Amerio piaceva questa prospettiva, e si sentiva motivato dal pensiero di non dover confessare settimanalmente il peccato d'incontinenza o di aver trasgredito le regole della Chiesa, e comunque di avere il potere di disporre pienamente di una donna che avesse fatto gli stessi voti con lui.

Il fatto che Maria vivesse a contatto con persone estranee e che quel commercialista potesse allungare di tanto in tanto una mano per toccarle il sedere gli faceva venire il panico, sicché un giorno decise di andare da un notaio suo amico e di chiedergli da uomo a uomo se conoscesse quel commercialista e in tal caso che tipo era.

Il notaio un po' ridendo per la faccia preoccupata del ragazzo e un po' scherzando, anche al pensiero dei suoi stessi comportamenti con quelle ragazzine che offrivano i loro servigi per poche lire in nero, e che per continuare a lavorare dovevano accettare i complimenti un po' pesanti del datore di lavoro, gli disse:

- Sì, lo conosco bene! E' un rondone!-

Amerio si sentì gelare il sangue. Già davanti agli occhi della sua mente correvano le immagini lussuriose di quell'uomo approfittatore. Immaginava lei sempre più circuita, che non poteva svincolarsi da quelle strette per non perdere la possibilità di portare qualche lira a casa, poiché la madre era vedova, e con i servigi che poteva andare a fare nelle case, doveva pagare le spese della scuola di pittura del fratello Gianfranco.

La domenica successiva le diede l'out out.

-Se vuoi che continuiamo a essere fidanzati devi lasciare quel lavoro. Non posso vivere con il pensiero che un giorno o l'altro quell'uomo ti salti addosso e cancelli in un baleno il fiore della tua verginità-.

Maria cercava di rassicurarlo, era vero che si comportava con lei molto gentilmente, ma mai aveva allungato le mani su di lei!

Comunque Amerio conseguì il suo scopo e Maria restò disoccupata. Qualche settimana dopo scoprì che, senza averglielo detto, andava a "fare la serva" a ore come la madre (Non era stato ancora coniato il termine colf). Questo era veramente troppo per lui! Sparì senza degnarla neanche di una spiegazione, e quando arrivò a casa una telefonata dalla madre, che chissà come aveva rintracciato l'indirizzo, il padre di Amerio, che era ben informato della storia e già dall'inizio non vedeva l'ora che finisse, trovò le parole per minimizzare l'accaduto e toglierle definitivamente qualunque speranza di riaccostamento.

Fu così che Amerio cominciò a odiare il vuoto delle domeniche come pure la loro canzone che iniziava con le parole: "Questa piccolissima serenata, con un fil di voce si può cantar…".

Una domenica di luglio Amerio accettò senza grande entusiasmo l'idea del padre di accompagnare lui e i fratelli sul lago di Garda. Arturo e Silvana erano venuti al mondo dopo che si erano spenti i fuochi della guerra, tutto sembrava più facile per loro, non avendo attraversato il calvario delle lunghe soste nei rifugi antiaerei e della mancanza di cibo che era regolato dalle tessere annonarie. Sua madre, girando per i paesi intorno a Verona, trovava sempre qualche anima buona che la aiutava a non far mancare al figlio l'essenziale.

Bardolino era ben lontano dall'essere quel centro turistico che diventò poi nel corso degli anni. Al lido c'era un bar con un juke-box sempre in funzione. Mentre nell'aria aleggiava "Volare", l'ultima canzone di Modugno che aveva appena vinto al festival di S.Remo, e i bambini giocavano sulle rive del lago con due piccole canne da pesca facendo fuggire tutti i pesciolini che accorrevano, vide suo padre illuminarsi in volto. A poca distanza c'era un tavolino con molte sedie e molte ragazze sedute attorno a bicchieri di bibita colorati. Si avvicinarono e suo padre salutò con molto affetto una delle ragazze presentandogliela e dicendogli che lavorava presso un commercialista da lui conosciuto.

-Licia -

-piacere, Amerio -.

Amerio decise subito che sotto quell'aspetto da angelo batteva un cuore da puttana dato che, come Maria, lavorava presso un professionista.

Il suo sguardo fu attratto da un esseruccio che sembrava il più timido della compagnia, capelli neri corti, occhi castani e gonna lunga che quasi toccava terra, traboccando dalla sedia. Il suo aspetto era pulito e umile.

Amerio, vinta la sua naturale timidezza, prese una sedia e si sedette vicino a lei. Cominciarono a parlare e Amerio seppe che lavorava come sarta nella sua abitazione, che aveva smesso da un pezzo di studiare per aiutare la famiglia (due fratelli più piccoli, madre casalinga e padre impiegato alle poste), e che non era più fidanzata già da qualche mese. Amerio la osservava con grande attenzione e pensava tremila cose. Forse aveva trovato la futura moglie, quella che gli avrebbe dato la forza morale di andarsene finalmente da casa, di finire gli studi e di iniziare un lavoro che gli consentisse di vivere decorosamente e di avere dei figli.

Tutto questo era un programma da eseguire a tutti i costi. Non lo sfiorava neanche l'idea che avrebbe potuto passare qualche anno libero da impegni familiari di qualunque genere. Questo era quanto gli intimava suo padre. Questi aveva stabilito che avrebbe dovuto sposarsi a trent'anni con una donna facoltosa o per lo meno impiegata e avrebbe dovuto passare i prossimi dieci anni sperimentando varie relazioni in attesa di quella definitiva. Amerio non condivideva queste idee che gli sembravano troppo libertine, e voleva vivere all'ombra di un confessore e padre spirituale che lo tenesse sempre d'occhio, affinché la sua vita potesse essere quella di un uomo cattolico osservante, lontano dal comunismo, lontano da tutte le idee moderniste che potessero portarlo fuori dagli schemi rigidi e conservatori di Pio XII.

Questa era la sua ribellione al potere familiare. Eseguire la volontà di Dio che era sicuramente quella della Chiesa, e non quella di suo padre che si basava su una morale molto rigida ma diversa da quella proposta nel cattolicesimo. Allontanarsi così dall'anticlericalismo che in qualche modo aveva informato la società fascista in cui era vissuta la sua famiglia: netta distinzione fra Stato e Chiesa, fra vita civile e riti religiosi.

Mentre formulava tutti questi pensieri, continuava a parlarle e cercava di farla conversare per avere tante informazioni su di lei e possibilmente carpirne l'indirizzo, visto che diceva di non avere neanche il telefono.

Era venuta a passare una settimana da sua nonna che abitava in campagna a Bardolino e l'indomani sarebbe tornata a Verona. Al momento dei saluti si alzarono tutti in piedi e quale non fu la sorpresa di Amerio nel vedere che la statura della sua prediletta era al di sotto della sua aspettativa per le gambe piuttosto corte rispetto al busto! Superato il primo momento di stupore però, la vide nel suo metro e cinquanta come qualcosa di piccolo e tenero da proteggere e che comunque avrebbe potuto benissimo dargli dei figli.

A quel punto iniziò un certo conflitto interiore. Da un lato aveva capito che lei non aveva un adeguato grado di studi e non avrebbe potuto interagire con la sua mente brillante. D'altro canto avrebbe avuto la fortuna di costruirsela e forgiarsela a proprio gusto e sicuramente ne sarebbe scaturita una buona opera d'arte.

Dalle descrizioni che mi faceva Amerio di tutti questi suoi stati d'animo, avevo veramente l'impressione che non fosse mai sbocciato l'amore, almeno da parte sua, in senso romantico, piuttosto la determinazione di costruire l'oggetto dei suoi desideri, proiettandovi tutte le attese del proprio cuore immaturo.

In più la speranza di aver trovato la donna capace di stargli al fianco occupandosi interamente di lui, al di fuori di qualsiasi lavoro, capace di contenere quell'ardente fuoco della concupiscenza che gli bruciava dentro e che solo un matrimonio veramente cristiano e cattolico avrebbe potuto sublimare finalizzando tutto alla procreazione.

Questo era quanto Amerio aveva pensato in quei lontani anni della sua vita, il che era molto distante da quello che era stato il mio mondo, io neanche lo sapevo che c'era stata la scomunica dei comunisti e il mio unico rapporto con la Chiesa era un rapporto di simpatia verso il papa Giovanni, condiviso del resto da molti miei compagni, per quella ventata di freschezza che aveva portato nel mondo. Finalmente qualcuno parlava d'amore e di unione fra tutti gli uomini.

Di là dalle distinzioni dottrinali e morali, fare una bandiera della pace e dimenticare gli odi che allora sussistevano persino nelle parole della Messa dove venivano maledetti gli ebrei per aver ucciso Dio.

Negli anni in cui Amerio pensava al suo avvenire familiare, io pensavo a guarire da quella maledetta ignoranza che mi sentivo appiccicata addosso come qualcosa di sporco.

Mi ero decisa a iscrivermi a un corso di recupero annuale delle tre medie e per un anno mi dedicai allo studio con grande lena e con il sogno di raggiungere un giorno il diploma di ragioniera. Avevo approfittato di un corso indetto dalla provincia. Eravamo tutte persone adulte che volevano recuperare qualche possibilità mancata in altri tempi.

Fu allora che incontrai Toni. Anche lui frequentava lo stesso corso e avevamo condiviso la spesa dei libri. Spesso studiavamo insieme e insieme raggiungemmo il traguardo.

Poi questo gli servì come titolo per essere assunto dall'impresa delle immondizie. Nel frattempo avevamo approfondito la conoscenza e gli avevo confessato di non essere più vergine. Stavamo bene insieme. A volte potevamo anche passare mezz'ora senza parlare, unicamente camminando per sentieri di campagna e stringendoci di tanto in tanto trasmettendoci una quantità di messaggi non verbali.

Venne così il momento del primo bacio, e venne il momento in cui si fermò sotto un albero di pesco, infilò le mani sotto la mia lunga gonna e mi fissò in viso con i suoi occhi azzurri e innocenti.

Mentre il mio corpo vibrava da capo a piedi, infilò la testa sotto la gonna facendomi provare sensazioni indimenticabili. Con gli occhi chiusi vedevo palloncini colorati e farfalle variopinte, non mi reggevo più in piedi, così, dopo essermi poggiata all'albero, scivolai lentamente a terra, mentre Toni usciva dal suo rifugio e con gesti lenti e tranquilli si toglieva la cinta dai pantaloni, sbottonava la patta, bottone dopo bottone e in un momento in cui i miei occhi erano chiusi mi sentii penetrare fin dentro l'anima e in quel momento, sull'onda di un orgasmo memorabile, sentii che eravamo fatti l'uno per l'altro e che mai e poi mai avremmo potuto lasciarci.

Al ritorno a casa Amerio, come se non fosse già confuso per i fatti suoi, dovette sorbirsi una lunga discussione familiare sulla validità o meno dell'ipotesi Adelina. Come accettare che Amerio sposasse una "ragazza del popolo", senza mezzi economici, senza cultura e senza neanche una bella presenza e una statura adeguata? Queste discussioni si svolgevano fra padre, madre e nonna di Amerio.

Lui non stava a discutere, gli toccava solamente di continuare ad ascoltare. Suo padre, già abbastanza scioccato dalle passate minacce di Amerio di farsi prete, non voleva contrariarlo subito e apertamente, tanto più che il caso aveva predisposto le cose in modo che lui stesso era stato la causa dell'incontro. Tuttavia pensava che una volta vinto il concorso d'intendente di finanza sarebbe stato trasferito altrove, e questo lo avrebbe portato a conoscere donne più consone al nuovo status socio-economico. Amerio era ormai abituato a quelle interminabili discussioni sul suo futuro, insopportabili quando si svolgevano a tavola davanti a un piatto di spaghetti, mentre lo stomaco si chiudeva e non voleva più accettare del cibo.

In quelle occasioni Amerio rafforzava ancor più il proposito di andarsene e lasciare quella casa che non era più un luogo dove crescere ma solamente un luogo dove rompersi le palle.

E a quel punto Adelina rappresentava la scelta alternativa, la possibilità di crearsi una famiglia a misura della sua testa e relegare la famiglia di origine al ruolo di entità esterna da visitare di tanto in tanto. Così riuscì a ottenere da Licia l'indirizzo di Adelina e un giorno, verso sera, andò a cercarla. Si trovò davanti a un cancelletto oltre il quale c'era un piccolo giardino ben curato e poi due porte, una a fianco all'altra, dove sembrava ci fossero due abitazioni. Bussò e si presentò una donna col matterello in mano, stava stendendo la sfoglia, che gli chiese:

-Cosa desidera?- Amerio rispose: -Scusi, abita qui Adelina? – Eccola!- disse lei puntando il matterello verso il lavello della cucina.

Adelina aveva un fazzoletto legato sulla testa per raccogliere i capelli e un piede poggiato sul lavello in pietra. Con una destrezza imprevedibile stava insaponandolo ben bene quel piede prima di immergerlo in un secchio pieno d'acqua che stava lì accanto. Amerio vide che di là dalla piccola statura le gambe le aveva ed erano anche molto belle, ben formate con una pelle liscia come quella di una pesca sugosa.

Adelina come lo vide trasalì e cercando di ricomporsi alla bella e meglio gli disse: -Per favore mi attenda un attimo in giardino.

Nell'attesa Amerio sentiva rimbrotti a bassa voce, sicuramente da parte di Adelina verso la madre che non aveva gestito l'incontro in modo troppo elegante.

Quando venne fuori, non aveva più il fazzoletto in testa, e una gonna con l'orlo fin sotto il ginocchio le copriva discretamente le gambe.

-Scusi sa, volevo chiederle se potremmo andare a ballare sabato prossimo. C'è una sala da ballo molto graziosa poco distante da casa sua.-

Adelina conosceva quella balera dall'esterno. Quando vi passava davanti sentiva delle belle musiche e attraverso le siepi s'intravedevano le coppie che ballavano, essendo uno spazio do-polavoristico all'aperto.

Gli rispose che quel sabato non sarebbe stato possibile per-ché aveva molti pantaloni da riconsegnare, però il giovedì succes-sivo si poteva fare. Amerio ringraziando salutò educatamente e se ne andò con il cuore allegro, contando i giorni che lo separavano da quel giovedì in cui il disegno della sua vita avrebbe fatto un pas-so avanti.

Capitolo 3

Queste parole non hanno il crisma dell'eternità. Che ci vorrà per scrivere parole eterne? Parole che domani abbiano lo stesso significato che posso attribuirvi oggi? Le parole sembrano piccoli fantasmi che si susseguono un po' nel cuore, un po' nella mente creando onde di risonanza imprevedibili. Come posso comunicare con altri se non riesco a comunicare con me stesso? Sono tornato da un viaggio nel mondo delle emozioni. Là ho visto cose incredibili. Costruzioni grandiose capaci di suscitare grande stupore. A me, a molti altri. Corpi scossi da quelle onde maestose. Cervelli in subbuglio. Una grande fabbrica, tipo stabilimento industriale del ventesimo secolo in azione. Tutti operai convinti della bontà del loro lavoro febbrile. Tutto ciò che viene prodotto serve a produrre qualcos'altro. Nessuno conosce il lavoro finale. Sembra l'arte dei pazzi. Nessuno lo sa. Io stesso credevo di aver scoperto la chiave della vita. Che era là, in quella fabbrica. Il luogo giusto per capire e per insegnare il percorso di crescita.

Tutti credono di perseguire la via giusta per affermare di essere sul proprio percorso di crescita. In ogni caso, i mattoni per la costruzione sono enormi costruzioni emozionali. Tutto diventa mattone per una costruzione successiva.

Quella domenica di mezzo fu la domenica della tentazione. Una ragazza di nome Silvana, come la sua sorellina, gli aveva telefonato e gli aveva dato disponibilità a fare un giro sul lago. C'era un trenino che partiva dal centro di Verona e arrivava a Peschiera. Di là si poteva prendere un traghetto e andare a Malcesine.

Questa era la risposta a una proposta che lui le aveva fatto tempo addietro, avendola incontrata presso la Biblioteca "La Letteraria" in piazza Brà, mentre andava là a studiare per il famoso concorso per intendente di finanza.

Era una ragazza all'incirca coetanea, viso minuto, capelli biondi lunghi, longilinea e molto spigliata. Aveva preso lei l'iniziativa delle prime parole quando si erano conosciuti e quando Amerio le aveva proposto di passare una domenica insieme, non si era schernita, gli aveva risposto che si sarebbe fatta viva lei appena possibile, e si era fatta dare il numero di telefono. Amerio, con la scarsa fiducia che aveva nelle proprie capacità di attirare donne, era certo che non gli avrebbe mai telefonato, e invece eccola là, viva e vegeta all'altro capo del telefono, pronta a unirsi alla sua timidezza, con chissà quali intenzioni!

Amerio in pochi attimi eterni ripensò a tutto quel che gli stava succedendo e alle possibilità che gli si aprivano. Essere un ragazzo serio e posato che pensa unicamente a farsi una famiglia e a vivere il matrimonio in senso cattolico, oppure un libertino che passa di esperienza in esperienza al solo scopo di divertirsi e di conoscere la vita? In questo senso avrebbe potuto accettare, Silvana, poi Adelina, poi chissà chi? E cosa gli avrebbe detto il confessore? E quando sarebbe riuscito ad allontanarsi dall'insopportabile routine della sua famiglia di origine?

Così rispose:

- Scusi, non posso venire, sono fidanzato. –

E continuò la sua attesa. Arrivò il giovedì, Amerio era estasiato dall'aspetto di quella bambolina, accuratamente vestita con un abito cucito dalla madre, che la faceva sembrare un bonbon.

Ballarono alle note di "Only you" e "Magic moments". Anzi questa in seguito sarebbe diventata la canzone simbolo del loro incontro. Più che ballare, tentarono di ballare poiché né l'uno né l'altro erano versati per questo tipo di divertimento. Mentre la riaccompagnava a casa Amerio impacciatissimo le teneva un braccio attorno alla vita, e le diceva parole che volevano farle capire il suo innamoramento e il suo desiderio di stare con lei. Adelina era piuttosto rigida e non rispondeva. Quando Amerio abbassò la testa e riuscì a rubarle un bacio, lei svincolandosi sussurrò:

-Attento, c'è gente!-

Appena giunti al cancello Amerio la vide dileguarsi ed ebbe

appena il tempo di dirle: posso tornare domani sera?

Cominciarono a vedersi regolarmente tutte le sere. Normalmente lei aveva del lavoro da terminare e allora Amerio le stava pazientemente vicino aspettando che si facesse tardi e che così ci fosse il tempo per scambiarsi un po' di tenerezze.

Nel frattempo lo studio per il concorso andava avanti senza molta convinzione da parte di Amerio, che cercava di convincere se stesso che Adelina era il suo unico e grande amore. Tenerezza ne provava e molta ma, a dispetto della sua dirittura morale e religiosa a livello mentale, si moltiplicavano le occasioni per desiderare altre donne. Solo a livello sensibile, salvo pentimenti e mea culpa a non finire. In confessione gli veniva detto che con la fidanzata è consentito soltanto il bacio casto che si può scambiare sotto lo sguardo attento della mamma. Queste difficoltà le viveva da solo, non ne parlava mai con Adelina, la quale d'altronde era così digiuna in fatto di conoscenze sul sesso, che si affidava all'istinto e in un certo qual modo era più aperta di lui.

Di una cosa erano entrambi convinti e di quello avevano parlato: il proposito di arrivare alla prima notte di matrimonio con l'imene intatta, e di non anticipare la festa.

Adelina veramente credeva che anche lui fosse vergine, e lo avrebbe creduto per parecchi anni. In realtà Amerio, verso i diciassette anni, aveva avuto una grande curiosità di conoscere il rapporto sessuale e, invogliato da un suo compagno di scuola che ne aveva già esperienza, era andato in una casa di tolleranza, tanto più che gli era stato detto che è così importante che un uomo possa sfogare i suoi istinti senza fare danno, che anche la Chiesa chiudeva un occhio sull'uso delle case chiuse e non era necessario confessare il fatto come peccato.

La prima volta la donna prescelta, parecchio più anziana di lui, aveva capito subito la situazione e mentre gli lavava i genitali sul bidè controllando che non soffrisse di malattie veneree, come richiedevano i regolamenti, gli aveva detto: - vedo che sei un verginello, mettiti giù che ti cavalco io!-.

Amerio non aveva opposto resistenza ma, visto che non aveva avuto sensazioni memorabili, il giorno dopo era tornato, aveva scelto la stessa donna, e le aveva detto:

- Questa volta voglio fare io l'uomo!-

Lei si era distesa sul letto e aprendo le gambe gli aveva detto:

-Vieni, vieni dalla tua regina!-

L'estate successiva, quando si recò a Bologna da suo cugino, come normalmente avveniva in estate da qualche anno, poté conoscere case di tolleranza più eleganti e raffinate rispetto a quelle di Verona, e fece ancora diverse esperienze confrontando varie donne e spesso interrogandole per conoscere la loro storia e sapere cosa le aveva spinte a fare quel mestiere.

Trovò motivazioni molto diverse, ma solitamente c'era un passato di fame e il desiderio di racimolare un po' di soldi, oppure la necessità di mantenere qualche figlio in collegio.

Eccezionalmente ne trovò una che gli disse che quel lavoro le piaceva molto e le piaceva leggere libri pornografici e far godere gli uomini. Un'altra sembrava in grave difficoltà dopo il rapporto con lui, e vista l'inconsueta difficoltà di penetrazione e l'evidente giovane età, Amerio aveva concluso che aveva trovato una prostituta semivergine. Credeva comunque di aver capito tutto o quasi tutto sul sesso e si sentiva pronto per le future battaglie, quando avrebbe trovato una moglie.

Al rientro a Verona aveva perso la tranquillità, e poiché gli si erano riaffacciati i dubbi di una vocazione a diventare prete, si sentiva terribilmente in colpa per le sue visite bolognesi. Aveva promesso di non ripetere più quell'esperienza e anzi si era costruito una piccola frusta per castigarsi e recuperare un po' della purezza perduta. Ormai erano passati cinque anni da quelle esperienze ed era stata approvata la legge Merlin che chiudeva le case chiuse. Una settimana prima della chiusura gli venne insistente il pensiero di andare un'ultima volta a visitare "una di quelle" e convintosi che una cosa del genere, tenuta assolutamente segreta, non poteva inquadrarsi in un episodio d'infedeltà verso Adelina, anzi fino allora era considerato normale che un uomo fidanzato, non potendo giustamente avere rapporti con la ragazza, di tanto in tanto si scaricasse in quel modo, passò all'azione.

Trovò una situazione particolare, le donne davano bigliettini da visita con l'indirizzo, dove poterle trovare, per lo più erano preoccupate e inquiete per la prospettiva di perdere un lavoro sicuro e protetto e di doversi avviare alla prostituzione per strada.

I giorni degli esami orali si avvicinavano (gli scritti li aveva fatti ai tempi di Maria) e il padre di Amerio pensò che sarebbe stato meglio per lui lasciar andare il lavoro che aveva in una società in liquidazione dove comunque svolgeva mansioni da capo-contabile, e andare a Roma per quindici giorni a studiare e assistere agli esami degli altri. Riteneva che questo impegno avrebbe favorito il buon esito del concorso. In quei giorni di assenza di Amerio erano arrivati a Verona alcuni parenti dalla Sicilia e ne avevano approfittato per conoscere la fidanzata di Amerio, e allo stesso tempo per metterla in difficoltà.

Avevano manifestato infatti senza alcuna delicatezza il disappunto per la sua scarsa preparazione scolastica.

Amerio d'altronde era un semplice ragioniere, suo malgrado, avendo dovuto rinunciare alla sua grande passione, che era l'ingegneria meccanica. Questo perché il padre non si sentiva in grado di sostenere le spese dell'università.

Così quella fu una triste esperienza per Adelina; di quello gli avrebbe parlato quasi piangendo al suo ritorno, dopo avergli scritto a Roma presso l'affittacamere che l'aveva ospitato.

Quasi a crudele conferma di quanto sopra, l'affittacamere, vedendo la scrittura elementare sulla busta della lettera giunta da Adelina, si era presa la confidenza di dirgli che era sbagliato avere una grossa differenza di studi e che uno come lui meritava una donna di un livello diverso. Non seppe mai se parlava così avendo qualche nipote da sposare o che altro, ma restò perplesso per entrambe le cose, e comunque, lungi dal cambiare idea, pensò che l'avrebbe fatta studiare e l'avrebbe messa in condizione di competere con chiunque.

Adelina non dimenticò mai lo smacco subito, e a tempo debito anche questo sarebbe andato sul conto delle sofferenze.

Ormai il lavoro era perso. Le speranze di aver vinto il concorso si affievolivano sempre più, la dipendenza economica dalla famiglia era soffocante, così lui e Adelina decisero che se avesse trovato un altro lavoro, sarebbe andato a vivere in una stanza mobiliata, fuori di casa, in attesa del matrimonio. E così avvenne.

L'abilità che aveva Amerio di trovare nuovi lavori senza ombra di raccomandazioni si cominciava a manifestare in pieno, un po' perché si presentava come un ragazzo per bene e ispirava fiducia, un po' perché quel lavoro di contabilità che odiava lo sapeva fare molto bene e un po' perché non si vendeva caro e si accontentava, considerando che nel lavoro la mercede era costituita in parte dallo stipendio e in parte dalla possibilità di acquisire nuove esperienze.

Il suo nuovo lavoro era quello di contabile presso un rivenditore di macchine agricole. Dopo aver impiantato ex novo una contabilità a ricalco e aver cominciato a insidiare la donna che faceva le pulizie al locale, pensò bene che fosse arrivato il momento di acquistare un'automobile e portare a spasso Adelina.

Mandò allo sconto una serie di cambiali con la firma del titolare e si procurò così il contante per acquistare una Topolino B d'occasione, la gloriosa macchinuccia della Fiat che avrebbe preceduto la C e poi la "500".

Essendo l'unico dipendente interno, oltre ai lavori di contabilità faceva qualche servizio necessario al buon andamento dell'impresa, come mettere in esposizione motofalciatrici, trattorini e tagliaerba. Un giorno, mentre faceva una manovra con il trattore che era in esposizione per portarlo all'interno, erroneamente rinculò nella parete che delimitava l'ufficio del titolare demolendolo in parte.

Il povero uomo, che non aveva fatto una piega quando una mattina l'aveva scoperto abbracciato con la donna delle pulizie dal labbro leporino, fu alquanto preoccupato per l'abbattimento della parete.

I rapporti s'incrinarono e Amerio preferì cercare un altro posto.

Al momento di andarsene il titolare voleva trattenerlo perché non sapeva a chi affidare l'incarico di proseguire una contabilità così bene organizzata, e gli condonò le ultime cambiali dell'auto purché lavorasse ancora un po' fuori orario per addestrare un nuovo ragioniere.

Successivamente divenne contabile e magazziniere presso un centro di distribuzione bibite. Il titolare aveva vissuto vent'anni in Inghilterra come cameriere e, rientrando in Italia con qualche lira, aveva acquistato la ditta e sposato Marina, una bella donna dal fascino un po' slavo che abitava con lui in un appartamentino contiguo al magazzino.

C'erano quattro autisti abbinati a quattro camioncini che dovevano provvedere alla tentata vendita giornaliera, partendo dal magazzino massimo alle sei. Amerio si alzava alle cinque e con la Topolino raggiungeva il posto di lavoro. Faceva l'inventario salendo sui camion, e doveva stare molto attento ai furtarelli degli autisti, che nascondevano le bibite in angoli imprevedibili.

Aldo era il più turbolento e qualche volta i compagni l'avevano trovato addormentato sotto una pianta.

Prima della partenza doveva compilare le bollette del dazio per i vini e andare all'ufficio del dazio a far timbrare i documenti.

All'epoca c'era ancora quest'antico balzello, residuo di tempi passati, che sarebbe stato superato qualche anno dopo, in occasione dell'introduzione dell'imposta sul valore aggiunto.

Proseguiva con il lavoro amministrativo, intervallato dalle conversazioni del titolare Roberto che amava raccontare le sue avventure in Inghilterra. Era arrivato là senza una lira e per entrare in simpatia con le persone raccontava di essere un gondoliere veneziano e di aver venduto la gondola per pagarsi il viaggio in Inghilterra. Aveva avuto molte donne e tutte lo avevano aiutato mettendolo in condizione di lavorare e di mettere un po' di sterline da parte. Mano a mano che prendeva fiducia nel ragazzo, si faceva coprire una sua infedeltà con qualche bugia da raccontare alla moglie, e se ne andava a copulare con una donna che Amerio considerava abominevole e non capiva come potesse tradire con lei una moglie così bella.

A volte doveva chiedergli di lasciarlo lavorare, altrimenti tutto si ammucchiava sul tavolo e addio contabilità. Roberto apprezzava la sua capacità di scrivere e ne approfittava per fargli scrivere delle lettere ai concorrenti nei casi di sconfinamento nelle vendite di birra.

Ogni rivenditore, infatti, doveva rispettare l'esclusiva concordata per ogni bar, mentre chi apriva un nuovo bar, riceveva aiuto dal maggior offerente fra i rivenditori di birra, impegnandosi a non cambiare fornitore per almeno dieci anni.

La sera, quando tornavano gli autisti, bisognava fare l'inventario e, quando il lavoro andava bene, il premio era un bicchiere di vino.

A mezzogiorno andava a mangiare in una trattoria nelle vicinanze dove preparavano dei piatti con funghi e parmigiano eccellenti, la sera si arrangiava con un panino e scappava da Adelina, dove non faceva in tempo a sedersi sul divano e ad appoggiarle la testa in grembo che si addormentava. Poi lei doveva scuoterlo fortemente per mandarlo a casa.

E a casa le lamentele erano sempre più vive.

-Non ci sei mai. Non ti vediamo mai. La mattina esci che è ancora notte, la sera non si sa quando rincasi. Se questo è il tuo lavoro, non è certo un lavoro per te! -

D'altronde l'alternativa era stare in casa e prepararsi per un altro concorso statale, ma questo Amerio non lo accettava. Il padre preparava lui le domande per i concorsi statali e le inviava ai vari ministeri sperando che prima o poi cambiasse idea.

Un giorno Amerio in tutta calma annunciò che sarebbe andato ad abitare in una camera mobiliata vicino al suo posto di lavoro. Sarebbe venuto comunque a trovarli con Adelina la domenica e tutti sarebbero rimasti più tranquilli.

Suo padre sulle prime si era disperato, poi l'aveva invitato ad andarsene al più presto perché non ne poteva più di lui. In cuor suo soffriva terribilmente per quel figlio tanto adorato. Avrebbe voluto per lui l'avvenire più roseo e facile, invece questi sembrava scegliere le vie più difficili e sempre contrarie ai suoi desideri.

Amerio avrebbe compreso tutto ciò parecchio tempo dopo, ma al momento il suo compito sembrava fosse quello di combattere il padre e affermare con i fatti che la propria concezione della vita era la migliore fra tutte.

In realtà c'era un grande amore fra padre e figlio, ma un'incomprensione profonda su quale dovesse essere la migliore filosofia di vita.

In fondo suo padre era una persona veramente ammirevole, per aver attraversato la burrasca della guerra senza che la sua famiglia ne fosse toccata. Il fatto di essere impiegato dello stato l'aveva in un certo qual modo protetto sia dall'indigenza sia dal rischio di coinvolgimenti politici all'epoca molto pericolosi. Specialmente dopo la liberazione, quando gli odi personali si concretavano facilmente in omicidi impuniti, in quanto bastava additare una persona dicendo: quello è un fascista, per ottenerne un'esecuzione immediata a furor di popolo. Molti che erano rimasti tremebondi nascosti, per paura dei tedeschi, ma senza dare alcun contributo alla resistenza, dopo la liberazione venivano allo scoperto con la coccarda tricolore appuntata sul petto, per essere inseriti negli elenchi dei partigiani e averne così vantaggio per il reinserimento nel lavoro.

In tutto questo marasma lui continuò a servire lo stato e l'impiego statale era stato una vera benedizione per lui e per la famiglia. Proprio per questo voleva tramandarne i vantaggi a suo figlio senza considerare che i tempi cambiano e i figli in qualche modo devono prendere le distanze dai genitori per potersi identificare.

Amerio non era in grado di fare valutazioni positive. Per lui il padre era solo il grande ostacolo che si poneva sulla sua strada, e pur di contrariarlo lo colpiva nel punto debole, che era la diversa concezione della Chiesa Cattolica che per Amerio era comunque una porta aperta verso l'autonomia personale.

Capitolo 4

Il cammino delle emozioni è un cammino immateriale, senza scopi apparenti, senza capo né coda, o così sembra. In realtà è tutto. Tutto quel che vale la pena di essere vissuto passa per le emozioni. Ogni ragionamento di prudenza e preveggenza è una piccola bara che racchiude una parte di noi stessi. Ogni volo emozionale è la verità della nostra esistenza che si autoproclama liberamente. Navigare sull'onda delle emozioni è il segreto del vivente. Chi è in grado di apprendere quel segreto ha sconfitto la morte.

Amerio abitava presso una povera donna che affittava la stanza per arrotondare la paga che le corrispondeva l'impresa di pulizia presso la quale lavorava, e così manteneva il figlio agli studi.

Si era portato tutti i suoi indumenti che puntualmente Adelina gli lavava e stirava, anticipando il suo ruolo di moglie. Aveva preso un violino a noleggio per prendere lezioni da una ragazza molto brava che suonava in Arena nella stagione delle opere.

Da ragazzo aveva studiato il pianoforte e quindi conosceva la musica, quel violino era un po' il simbolo della sua nuova libertà e dei cambiamenti della sua vita. Con la religione aveva un po' allentato i vincoli, giacché la famiglia di Adelina non era abituata alla messa domenicale e lui stesso era in un momento di dubbi.

La ragazza violinista si chiamava Lina, era piuttosto paffuta e non molto alta. Sembrava un putto dipinto, le mani erano piccole e tozze ma incredibilmente agili sullo strumento.

Dopo un mese Amerio la desiderava, e faceva progetti su come sedurla. Un giorno decise di allentare i propri freni inibitori scolandosi una bottiglia intera di vino. Poi era andato a casa dell'insegnante con l'idea di compiere qualche manovra ardimentosa, ma si era svegliato su un divano, assolutamente stupito per il fatto che era già giorno, e che non ricordava niente dell'accaduto. Era ormai mattina e gli fu detto che aveva vomitato abbondantemente addormentandosi quasi subito come un sasso. Lina e sua madre erano rimaste due ore a pulire la sala, mentre la puzza del vino rimesso era ancora percepibile. Tale fu lo smacco, che interruppe le lezioni di violino e raccontò un po' di bugie ad Adelina per giustificare l'assenza di quella sera.

La famiglia di Adelina aveva cambiato casa. Erano andati in una casa in condominio, allontanandosi dalla famiglia della porta accanto e quindi da Licia e da un suo antipatico ex pretendente che pur di non fare il militare si era fatto estirpare tutti i denti, sanissimi, sostituendoli con una protesi. Non più quindi lunghissime buona notte in giardino fuori della porta di casa, prima di lasciarsi. Era il momento dei baci più caldi e degli strofinamenti più toccanti, che sostituivano gli impossibili rapporti prematrimoniali. Nella nuova casa, bisognava aspettare che tutti fossero andati a letto, per ottenere qualche cosa di simile.

Adelina aveva trovato anche una nuova camera mobiliata per Amerio, più vicina alla nuova abitazione, più comoda per i tardivi rientri serali. In quella casa vivevano due sposi con un figlio. L'appartamento ottenuto dall'INA Casa era abbastanza grande e, di tanto in tanto affittavano un'altra stanza a due amanti di Milano che venivano fino a Verona per passare una notte tranquilla.

Amerio li sentiva mentre il respiro di lui si accelerava fino ai gemiti finali dell'orgasmo. Amerio più per invidia che per compostezza chiese alla padrona di casa di evitare quel genere di cose e lei per rispetto lo assecondò.

Inoltre gli preparava la cena e i panini per il mezzogiorno. Insomma si trovava bene e aveva un bello spazio anche per leggere o scrivere se ne avesse avuti tempo e voglia.

Tutto il tempo libero, che era poco, lo passava da Adelina. La sera uscivano e arrivavano davanti alle vetrine di un mobilificio a sognare il momento in cui sarebbero entrati con l'intenzione sicura di acquistare l'arredamento per la loro casa.

Nulla distraeva Amerio dall'intenzione di sposare al più presto Adelina, anche se qualche mese prima di sposarsi si sarebbe invaghito di una ragazza che accompagnava spesso al lavoro e che gli piaceva veramente tanto. Si chiamava Milva. Era una ragazza semplice e tranquilla. Lavorava come ragioniera presso una ditta produttrice di vini, e quando perdeva l'autobus Amerio l'accompagnava con la sua Topolino in Borgo Venezia, dove aveva l'ufficio. Sapeva del fidanzamento, ma forse provava una simpatia per quel ragazzo timido e complimentoso che si mostrava sempre così felice d'incontrarla.

Lei conosceva di vista Adelina, e probabilmente non la reputava una scelta definitiva da parte di Amerio. E lui dovette superare un buon esame di coscienza per capire che con Adelina e la sua famiglia si era abbastanza compromesso, e non poteva ripetersi con lei ciò che era successo con Maria.

I suoi ragionamenti erano basati sempre sul dovere ipotetico che doveva comunque assolvere, mai sull'ascolto reale del proprio cuore. Non pensava che la rottura di un matrimonio con figli è peggiore della rottura di un fidanzamento.

L'idea era quella del maschio dominante cui comunque sarebbe stato sempre concesso di fare qualche peccatuccio da confessare con estremo pentimento, giusto per salvarsi dalla monotonia.

Si sa, l'uomo è debole e peccatore, ma la confessione è stata istituita proprio per questo!

Mentre formulava questi pensieri, si rendeva anche conto che quel cinismo non era il suo, forse l'aveva ereditato con il gruppo sanguigno. Forse doveva lavorarci per fondare un nuovo tipo di persona, trasformarsi in qualcos'altro.

Proprio in quel lontano periodo era stata approvata una legge che definiva reato l'adulterio della donna, al contrario di quello dell'uomo, il che non era contrario alla parità uomo–donna, ma andava accettato come qualcosa che faceva parte del senso comune degli italiani. La perversità e l'ipocrisia di quei tempi erano sconvolgenti. In materia di moralità gli italiani erano trattati da poveri imbecilli che non erano in grado di metabolizzare le gambe delle gemelle Kessler se non erano ricoperte da pudiche calzamaglie! Celentano era tacciato d'immoralità per il suo modo di muoversi mentre cantava ed erano proibite addirittura le riprese di Luchino Visconti per un film che ancora doveva nascere.

La mia memoria non è sufficiente a elencare tutte le censure assurde che creavano un clima anacronistico. Si mischiavano persecuzioni morali anti-sinistra (come con Dario Fo e Franca Rame) con crociate per la moralità dei costumi sessuali, che penso servissero soltanto da schermo all'immoralità dello sperpero dei fondi pubblici tipo Aeroporto di Fiumicino e molti altri, che anziché diminuire si sarebbe accresciuta nel tempo sempre di più.

Confrontando la mia vita con quella di Amerio mi rendevo conto di quanta differenza c'era stata nei nostri mondi di origine, io affascinata da sempre da prospettive socialiste, lui sempre così legato alla Chiesa Cattolica, e di conseguenza alle linee politiche da essa proposte. Dai suoi racconti però potevo capire che qualcosa cominciava a sfaldarsi all'epoca, e non soltanto per la presenza di un papa, Giovanni XXIII, che aveva cominciato a sovvertire tutti i vecchi schemi cardinalizi, ma anche per un suo avvicinamento al mondo comunista, attraverso il dialogo con quei quattro autisti di camion che portavano in giro le bibite. Attraverso loro Amerio si rendeva sempre più conto che gli ordinamenti di legge ispirati dalla Chiesa creavano un sacco d'ingiustizie.

Viceversa le aspirazioni marxiste erano fondamentalmente aspirazioni cristiane e cominciò a sembrargli molto strano che la Chiesa non abbracciasse quelle, piuttosto che l'ordinamento sgangherato e corrotto che proliferava.

D'altronde le presunte persecuzioni della Chiesa e del clero nei paesi comunisti, lasciavano presagire che se in Italia malauguratamente fossero andate al potere forze di sinistra, addio Chiesa, addio Vaticano. L'unica Istituzione qualificata per diritto divino a insegnare la Verità, sarebbe stata sommersa da tenebre senza ritorno, preludio di una fine del mondo che sembrava peggiore di un grande olocausto nucleare cui pure tutti si avvicinavano spaventosamente. Le aperture del papa che accomunavano credenti e non credenti in un unico Amore Divino erano veramente inquietanti, le sue aperture a sinistra inspiegabili, molti si ponevano delle domande sulle intenzioni dello Spirito Santo nell'elezione di Giovanni XXIII!

In quell'atmosfera d'incertezza, le pratiche religiose di Amerio si erano ridotte alla Messa domenicale, poche confessioni, ancor meno incontri eucaristici.

Inoltre mentre assisteva alla Messa domenicale con Adelina, era sempre più consapevole che in mezzo a tutto quel biascicare formule in latino, che quasi nessuno capiva, a parte lui che il latino l'aveva studiato molto bene tre anni alle medie inferiori, la parte centrale era il commento al Vangelo.

Questo era quasi sempre una forma di propaganda politica che metteva in guardia contro i pericoli del comunismo, spingeva inequivocabilmente verso la D.C., tuonava contro l'immoralità dilagante di cui in buona parte erano incolpati i partiti della sinistra.

Non era certo quel clima evangelico fatto di amore, pace e perdono che era ispirato dalle pagine del vangelo. Amerio, prima di ribellarsi alla famiglia che era agnostica nei confronti della Chiesa, aveva letto e riletto tante volte i vangeli, fin dalla più tenera età, poiché sua madre, che aveva un incessante dialogo diretto con Dio, gli diceva che nonostante le manipolazioni fatte in antichi tempi sui testi originali, era l'unica fonte possibile di verità sul messaggio di Cristo. Questo, in mano ai preti, era sempre aggiustato in modo da servire alle necessità del momento. E citava spesso un passo del Vangelo di Giovanni: "E verrà un tempo in cui i veri adoratori adoreranno il Padre in Spirito e Verità" Così mentre ascoltava l'omelia, conoscendo il vangelo della domenica, non poteva non assistere con costernazione alla distorsione della verità in atto.

Tutto questo gli creava grossi conflitti interiori, il suo amore per la Chiesa era indiscutibile, e avrebbe voluto toglierle in un baleno ogni incoerenza, perché fosse pura e bella.

Il tempo passava, il miracolo economico era ormai in corso, ma le entrate non erano tali da rendere affidabile un matrimonio. Era necessario trovare un nuovo lavoro, meglio remunerato, con tutte le garanzie di un contratto regolare, con una qualifica decente.

Dalla solita lettura delle inserzioni sull'Arena, e dal solito curriculum arricchito di nuove esperienze, scaturì un primo colloquio presso una società produttrice di laterizi. Cinque società con sedi in zone depresse del Veneto, dove era possibile lucrare condizioni vantaggiose nei confronti del fisco e degli oneri sociali, erano amministrate in quegli uffici.

Gli impiegati dell'ufficio contabilità erano equamente divisi fra le varie società e così quelli degli altri uffici. Il titolare di tutto era un colonnello in pensione, abbonato a un giornale neo fascista. Direttore amministrativo un ingegnere piemontese, la cui moglie era segretaria e amministrava in gran segreto tutta la parte riguardante il personale. Capo contabile un ragioniere di Predappio, trasferito a Verona all'epoca della costituzione delle società, cioè pochi anni prima.

La carica di Amerio sarebbe stata quella di vice-capocontabile, con uno stipendio di lire 45.000, adeguato al secondo livello che gli veniva attribuito. Aveva già informato i suoi superiori che lo scopo del cambiamento era di avere un lavoro sicuro e di potersi sposare.

Il giorno in cui ricevette la conferma era contento come non mai, si era precipitato da Adelina a comunicarle la notizia, aveva parlato anche con il suo datore di lavoro, che era rimasto sconvolto, l'aveva detto a suo padre, che vedeva un futuro molto incerto nei posti di lavoro che non fossero coperti dalla sicurezza dell'impiego statale.

Superato il periodo di prova, iniziarono i preparativi per le nozze. I genitori diedero una mano come potevano, la sposa non era quella dei loro sogni, ma ormai avevano accettato la sua presenza al fianco del figlio, poiché vedevano che era una donna premurosa e attenta alle necessità di Amerio.

Avevano trovato un appartamento in affitto a un prezzo che era poco meno della metà dello stipendio. Con le rate per l'arredamento, poco sarebbe rimasto per tutto il resto. Fiducia nella provvidenza o avventatezza? Pensò di allontanarsi da Milva. Gli bastò dirle che stava preparando il matrimonio con Adelina che quella si dileguò e non ne seppe più niente. Ad Amerio dispiacque, poi ripensò alle varie occasioni in cui pur non incorrendo in episodi d'infedeltà grave verso Adelina, aveva però avuto dei comportamenti che se si fossero manifestati da parte di Adelina verso di lui, certo lo avrebbero messo in grave difficoltà.

Ma...si sa, lui era uomo e non si considerava uguale a lei... Comunque rinnovò il proposito di non cadere in altre leggerezze, stava per sposarsi e presto sarebbe diventato un padre di famiglia. Tutto sarebbe cambiato e si sarebbe finalmente sentito la persona giusta al posto giusto.

Pensava che fosse il ruolo a costruire la persona e non viceversa. Si preoccupava anche del ruolo di Adelina. Avrebbe dovuto mettersi in grado di supportarlo nei suoi incarichi e nel suo lavoro. Per abituarla appena la vedeva, le raccontava tutto quello che riguardava il suo lavoro, le novità che si verificavano, i motivi di rabbia o di perplessità. Adelina ascoltava, ma non rispondeva, in realtà le dava fastidio interferire in un campo che non conosceva, ma non voleva neanche deludere il suo uomo, così ingenuo e così entusiasta di ogni idea che gli passava per la mente.

Il giorno del matrimonio era stato il peggiore dal giorno del primo incontro. Il coronamento del grande sogno si era trasformato in una serie di tensioni per le famiglie, per Adelina e per Amerio.

Quella mattina Adelina si era alzata alle quattro dopo una notte insonne e con la madre aveva preparato centinaia di bocconcini aperitivo per gli invitati, che sarebbero convenuti numerosi. Dopo le otto il campanello di casa suonava di continuo per i numerosi omaggi floreali e quando Amerio si era presentato, era appena arrivata una deliziosa pianta di gelsomino. Si erano chinati per odorarne la fragranza con uno scatto repentino e talmente sincronizzato che le loro teste a momenti si schiantavano urtandosi fra loro.

Amerio si ricordò che doveva andare dal barbiere per un taglio da sposo e sparì di colpo. Quando arrivarono in chiesa tutto era perfetto, tranne la chiesa stessa che non essendo ancora costruita in forma definitiva, da lontano appariva come una baracca. Adelina, scherzando, aveva detto che la chiesa era provvisoria, quindi era provvisorio anche il matrimonio. L'aveva detto come una maliziosa battuta nei confronti di Amerio, senza certo immaginare che parecchi anni dopo un prete avrebbe affermato che era opportuno chiedere la nullità del matrimonio per mantenersi buoni cristiani e che quella frase sarebbe stata motivo sufficiente per espletare la procedura davanti alla Sacra Rota!

Amerio aveva passato quelle ore in una tensione crescente per la preoccupazione della prima notte. Suo padre, che pur vivendo a Verona era siciliano, gli aveva sempre detto che la prima notte era importantissima per tutto il resto della vita matrimoniale, la deflorazione doveva essere immediata e vittoriosa, la posizione di supremazia maschile doveva essere affermata prima di tutto in quell'occasione, per manifestarsi poi in tutto il resto.

La madre di Adelina aveva fatto altre raccomandazioni: mettere asciugamani sul lenzuolo in albergo, perché avrebbero potuto esservi forti perdite di sangue, e non sarebbe stato certo bello lasciare la stanza in quelle condizioni.

Insomma la verginità difesa con tanta cura da entrambi, ora sembrava una malattia dalla quale bisognava liberarsi con strategie sottili, per entrare in una normale vita matrimoniale.

Amerio pensava con nostalgia alle coccole e agli strofinamenti peccaminosi di quel bel tempo ormai andato, che era stato il tempo del fidanzamento. Ora fare sesso sarebbe diventato non soltanto moralmente lecito ma addirittura doveroso, in vista della procreazione. E qui si apriva un'altra angoscia. Come poteva mettere al mondo un figlio, dal momento che lo stipendio sarebbe basato a malapena a pagare l'affitto e le rate dei mobili, e a mantenersi in forma? Anche la Topolino era stata sacrificata qualche mese prima per ottenere il denaro necessario all'acquisto dell'anello di fidanzamento. Un anello con brillante che Adelina avrebbe portato al dito per parecchi anni finché un giorno sarebbe misteriosamente scomparso in occasione di uno dei numerosi traslochi.

Adelina l'aveva convinto ad aspettare almeno qualche mese prima di avere il primo bambino, almeno il tempo di abituarsi alla nuova situazione e pagare un po' di debiti fatti per l'acquisto dei mobili.

Così avrebbe potuto anche proseguire per un po' il suo lavoro di pantalonaia e aiutare il bilancio familiare. Per la famiglia di

Amerio il problema di quel matrimonio era che lei non aveva né un lavoro sicuro, né alcun bene immobile.

Questo invece era il piacere e l'orgoglio di Amerio che non avrebbe sopportato un qualsiasi tipo di autonomia da parte sua. L'avrebbe vissuto come una limitazione del possesso verso di lei. Si aspettava quindi che con la sua presenza di moglie perfetta avrebbe facilitato la sua ascesa sociale ed economica.

Tutti questi pensieri gli si erano affollati alla mente tutta la mattina, così che le lunghe ore del pranzo di nozze, con decine di persone che mangiavano e bevevano e gridavano: "Viva gli sposi!" erano diventate un tormento, e guardava l'orologio ogni due minuti sperando che arrivasse l'ora di defilarsi con Adelina per andare a prendere il treno…della libertà.

Arrivarono verso mezzanotte in un paese a metà strada dalla loro meta, con lo stomaco sconvolto e una stanchezza storica nelle ossa. Andarono in albergo, esibirono l'allora indispensabile certificato di matrimonio stilato dal Parroco, assieme ai documenti di riconoscimento, e si sistemarono nella stanza che avevano prenotato e che avrebbe dovuto essere l'allegro teatro della singolar tenzone amorosa.

Adelina sistemò i cuscini del letto, andò a cambiarsi in bagno, e quando si presentò in una vaporosa camicia da notte bianca con gli asciugamani in mano, Amerio era già pronto a darle il cambio con un pigiama celeste in mano. Il letto era pronto, gli asciugamani erano stati disposti nella loro posizione strategica e neanche li aveva sfiorati il pensiero che avrebbero potuto rimandare il tutto all'indomani dopo una buona dormita. Sembrava che il tempo fosse talmente tiranno da costringerli a quell'atto dovuto immediatamente, senza che nulla al mondo potesse cambiare il disegno prestabilito. Amerio pensava già che di lì a poche ore il padre gli avrebbe telefonato per chiedergli com'era andata.

Forse la stanchezza, forse qualche altro fattore legato a una grande situazione di stress, rendevano impossibile la naturale conclusione dell'atto coniugale.

Così il viaggio di nozze fu amareggiato dagli sconfortanti esiti di un blocco psicologico che agiva in entrambi.

Tornando a casa Amerio era andato a parlare con il suo confessore e gli aveva spiegato tutto il problema. La soluzione era giunta facile e chiara: -Tutto questo avviene perché volete sottrarvi alla volontà di Dio. Dovete unirvi pensando che lo fate per avere un figlio. Questo sarà l'angelo che vi aiuterà a risolvere tutti i problemi, anche quelli economici, perché la divina provvidenza aiuta chi si affida a lei con fiducia!

Amerio tornò a casa alleggerito da un peso che portava nell'anima, con l'assoluzione del confessore, e l'intenzione di non peccare più. Era una domenica e Adelina stava mettendo in ordine la biancheria nell'armadio. Amerio le raccontò tutto e cominciò a baciarla e a coccolarla come non aveva mai fatto dal giorno del matrimonio.

Poi la fece sdraiare sul letto senza neanche togliere il copriletto e coprendola di baci la spogliava, e mentre le slacciava le giarrettiere e le toglieva le calze, le baciava le gambe, e mentre la spogliava Adelina si rammaricava di non aver fatto in tempo a distendere qualche asciugamano.

Amerio fu stupito di lei e del piacere che le dava. Alla fine si addormentarono, finalmente felici, finalmente sicuri dopo tanta paura.

Capitolo 5

Essere uomini sembra una malattia da cui tutti dobbiamo guarire. Tornare a quell'essere femminile idealizzato nella luna è il cammino di crescita di un'umanità stupidamente maschia, tenebrosamente aggressiva, persa in un cammino senza speranza. L'immagine indubbiamente più grande di tutta la civiltà occidentale è quella di Maria, Vergine e Madre di tutto il Creato, origine di ogni forma di amore, che lega insieme i pianeti di tutti i sistemi solari, in un abbraccio silenzioso e caldo.

Un pomeriggio del gennaio 1962 Amerio e Adelina erano desolatamente stesi sul letto, la mano di lui sulla pancia di lei, che già presentava la tipica rotondità dei primi mesi di gravidanza, in attesa che succedesse qualcosa di molto positivo, giacché un mese prima aveva ricevuto una raccomandata a sorpresa dalla sua ditta che gli annunciava un licenziamento in tronco. La motivazione era un errore banale nel conteggio delle provvigioni di un rappresentante, documentato con delle fotocopie: un pretesto.

Si era presentato presso la ditta per parlarne, ma non l'avevano lasciato neanche entrare, in portineria c'erano ordini precisi.

Si era allora recato presso il sindacato "bianco" perché se fosse andato da quello "rosso" si sarebbe preclusa la possibilità di trovare altro lavoro, ma se non fosse andato neanche là sarebbe stato uguale, infatti gli dissero che non c'era possibilità di contestazione. Lo smacco gli bruciava parecchio proprio perché la cosa gli sembrava incredibile.

Era sempre andato bene, aveva sempre lavorato parecchio e con coscienza, rispettando le regole e i superiori. Quell'errore dipendeva dal fatto che cercava di lavorare molto velocemente, si trattava di una cifra pagata erroneamente in più a un rappresentante, ma di entità veramente esigua, che avrebbe potuto rimborsare lui stesso senza problemi, se non fosse stato possibile il recupero.

Si ricordò di un giorno in cui l'ingegnere l'aveva chiamato nel suo ufficio e gli aveva fatto uno strano discorso, dicendogli che mai sarebbero stati assunti dei comunisti in quella ditta e comunque, gli disse mentre apriva la cassaforte, questa è sempre carica, mostrandogli una graziosa pistola.

-Voglio che sia ben chiaro come la penso-,

disse, poi gli strinse la mano e lo lasciò andare.

Ora ripensava alla sua amicizia con gli autisti della ditta precedente, unica occasione nella sua vita di un avvicinamento ai "rossi", ma non riusciva a scoprire alcun nesso, e così lasciò stare, mandò un po' di risposte alle inserzioni del Corriere della Sera, sperando di cambiare città e lasciare quella Verona che continuava a essere culla di spine piuttosto che di rose, e ora stava in magica attesa di una grossa svolta della sua vita.

Sentirono suonare il campanello, Amerio si alzò dal letto, si affacciò alla finestra, e vide un uomo in bicicletta che gli chiedeva: - E' lei il Rag. Amerio Foglia? Sì, bene, deve presentarsi domani a Sesto S.Giovanni in via del Ponte 42. E' per l'inserzione.- Amerio si stropicciò gli occhi e il primo pensiero che gli venne in mente fu che non avevano una lira. In quel momento nessuno poteva aiutarlo, così si armò di coraggio e si recò dal suo confessore a chiedere un prestito. Gli spiegò la situazione. Era sicuro che la risposta sarebbe stata un diplomatico no e invece sembrava che il "don" attendesse proprio quell'occasione per poterlo aiutare concretamente, conoscendo fino in fondo tutte le difficoltà che finora aveva dovuto affrontare.

Non era molto, ma sperava di farcela con il viaggio e, se fosse stato assunto, ad arrivare alla fine del mese. Fu assunto con uno stipendio molto più alto di quello che aveva perduto con il lavoro precedente. Poi, informandosi sugli esorbitanti prezzi delle camere capì il perché. Gli affitti erano saliti alle stelle. L'immigrazione dal sud era in piena crescita e gli alloggi, anche quelli in subaffitto, erano nettamente inferiori alla richiesta. Non si perse d'animo. Trovò una soffitta, dove venivano affittati una decina di letti ad altrettanti meridionali appena approdati alla città del miracolo. Uno di loro era appena andato via. L'unica stufa a carbone era proprio a fianco al suo letto. Per andare nell'unico bagno, bisognava uscire e percorrere un corridoio scoperto pieno di neve (continuava a nevicare). Allora i terroni non erano stati ancora rimpiazzati dagli extracomunitari. Con il primo stipendio avrebbe comunque trovato una camera mobiliata normale, quasi al prezzo dell'appartamento che aveva affittato a Verona.

Aveva portato la bicicletta per i piccoli spostamenti e se la cavava bene perché aveva molto entusiasmo.

Milano rappresentava per lui quello che Verona era stata per suo padre, la fine di un incubo, la terra nuova da far germogliare.

La ditta era di recente costituzione. Si basava su una falegnameria che costruiva mobili per cucina. Avevano programmi ambiziosi, erano due soci, di cui uno in crisi matrimoniale.

Se n'era accorto quando era andato a casa sua per le trattative e la moglie si lamentava perché la trascurava e la loro casa non era abbastanza accogliente, anzi stava andando a rotoli. C'erano pochi impiegati e Amerio aveva messo in atto la sua esperienza per ricostruire un bilancio di fine anno e da quello partire con una contabilità a ricalco.

Tutto andava bene e ne approfittava per rispondere a inserzioni più importanti, di società multinazionali, perché pensava che là avrebbe imparato molto di più e non avrebbe avuto i soliti problemi della doppia contabilità. Erano infatti i tempi dell'I.G.E. e tutti si sentivano in dovere di evaderne una parte, occultando fatture in entrata e in uscita. Il risultato era che non si riusciva mai a capire se le cose andassero bene o male poiché tutti i documenti che rispecchiavano la realtà erano un rischio fiscale. Le multinazionali invece avevano situazioni mensili accuratissime e individuavano mensilmente l'andamento delle vendite e degli utili, raffrontandolo con i budget che non erano semplici preventivi, ma veri e propri programmi di lavoro da rispettare e di cui ogni reparto si assumeva la responsabilità.

Questo era fattibile perché non era ammessa nessuna frode fiscale di basso livello. Trovò effettivamente quel che aveva tanto desiderato.

Dopo molteplici interviste, esami psicotecnici, informazioni, esercitazioni di gruppo e visite mediche, finì all'UBB (ufficio bilanci e budget) al tredicesimo piano di un alto grattacielo, con uno stipendio che era il doppio di quello che aveva ricevuto ultimamente a Verona.

Invano uno dei soci dell'altra società aveva tentato di trattenerlo, promettendogli lo stesso stipendio, aiuti per la casa, per l'acquisto dell'auto e tutto il resto. Amerio era stato irremovibile. Quel gruppo con duemila dipendenti era stato il suo sogno e non se lo sarebbe lasciato scappare. La prima sensazione che ebbe là fu di grande libertà, credeva che ognuno potesse essere se stesso senza la preoccupazione di dover operare degli artifici per nascondere parte delle proprie idee. Nell'ufficio dove lavorava faceva parte di una squadra di otto persone più il capo. Si lavorava molto, ma più che altro di sera, facendo parecchie ore di straordinario. Di giorno c'era tempo per parlare, ma anche per chiacchierare, mentre ai piani nobili i managers di alto livello affinavano le strategie che poi sarebbero state analizzate nel suo ufficio, al punto di spaccare un capello in quattro, tutto con una semplice calcolatrice e molti prospetti ricavati a mano, dal momento che i computer da tavolo non erano stati ancora introdotti e il reparto IBM sfornava unicamente statistiche slegate dal resto della contabilità, affidate al paziente lavoro di decine di dattilografe che perforavano le schedine da elaborare.

L'ufficio contabilità era una realtà a parte, sussistevano prime note e schede di mastro che spesso l'UBB consultava per fare delle analisi.

Fra quelle otto persone vi era una grande confidenza, ognuno sapeva tutto di tutti gli altri. A volte s'intrecciavano amicizie con persone di altri reparti. Il mattino una folla di gente sconosciuta si disperdeva per i piani, molte erano le coppie sposate, grazie al fatto che spesso si conoscevano là, si fidanzavano e poi si sposavano. Le disposizioni erano precise in fatto di morale, se qualcuno fosse stato trovato in atteggiamento intimo all'interno dei locali di lavoro, sarebbe stato licenziato.

E così avvenne, di fatto, un paio d'anni dopo. Fu scoperta lungo le scale di servizio una coppia in atteggiamento amoroso.

Si baciavano appassionatamente, seguì il licenziamento di lei e non di lui. Cosa che destò molte discussioni nel gruppo. I costumi cambiavano lentamente anche a Milano, molti all'interno del gruppo propugnavano idee socialiste e aperture al centro sinistra. Ormai questo era accettato dal management, l'importante era stare alla larga dal comunismo. D'altronde tutti coloro che lavoravano nel gruppo erano passati attraverso le maglie di una selezione strettissima, e c'era qualcosa che accomunava tutti, una base di buon senso comune abbastanza condiviso.

Adelina aveva accettato a malincuore questa necessità di trasferirsi a Milano. Non l'avevano mai messa in conto nei tempi del fidanzamento, e quando sembrava probabile l'inquadramento di Amerio in un ufficio statale con la possibilità di rimanere a Verona o di ritornarvi presto, per Adelina andava bene.

Non aspirava a diventare ricca, ma ad avere una casetta modesta e tranquilla con uno o massimo due figli, e un marito molto presente in famiglia. Viceversa il matrimonio aveva aperto la porta a un futuro molto diverso.

Una grande città come Milano che conosceva soltanto per il fatto che c'era una sua zia e a volte aveva passato qualche settimana da lei. La conosceva e lo aborriva, come luogo di confusione e di follia collettiva dove l'eccessivo dinamismo e la sete del denaro toglieva la pace a tutti.

Intanto era a Verona e vedeva arrivare il marito il sabato notte e lo vedeva ripartire il lunedì mattina.

La loro casa era ormai abbandonata in quanto era tornata a vivere dalla madre, in attesa del lieto evento che sarebbe avvenuto sotto il segno del Toro.

Avrebbero disdetto l'appartamento di Verona e trasferito tutto a Milano, non si sapeva ancora in quale casa, dal momento che abitazioni non se ne trovavano e quelle poche disponibili erano carissime.

Gli orari di lavoro erano sempre eccezionali, ma Amerio accettava di buon grado le ore di straordinario che gli venivano regolarmente retribuite e che quindi lo aiutavano a reggere le spese di Milano, di Verona e dei viaggi.

La cosa non sarebbe stata accettata troppo volentieri da Adelina che vedeva in prospettiva lunghe ore di solitudine in una città dove sarebbe stata forestiera, lontana dalla madre e senza amicizie.

Amerio non considerava insormontabili le ragioni di Adelina, lei avrebbe dovuto seguirlo comunque e poi si sarebbe abituata, tanto ci si abitua a tutto. E poi tutti questi pensieri li intravedeva come nuvolette in un cielo sereno, Adelina non si sentiva di contrariarlo apertamente.

In qualche occasione Amerio, mentre era a Milano nel suo nuovo ambiente di lavoro, provava l'emozione finora sconosciuta di essere corteggiato, e certamente se fosse stato ancora libero, avrebbe trovato là una sposa.

Da qualche giorno una ragazza che lavorava su un altro piano, Letizia Pomposi, gli si avvicinava e spesso parlava con lui e lo cercava. Spesso andavano a bere insieme il cappuccino e ridevano per ogni nonnulla e Amerio cominciava bene la sua giornata quando la incontrava al mattino, perché gli metteva allegria.

I suoi colleghi più stretti l'avevano visto e dopo aver fatto un po' di battute, cominciarono a metterlo seriamente sull'avviso. Lui era un uomo sposato, non poteva mettersi con una ragazza del gruppo senza che da questo potesse uscire qualche pasticcio, renditi conto, le diceva la Nuccia, stai per avere un figlio!

La Nuccia era la collega più amica di tutti. Proveniva da Mantova e suo padre aveva un negozio di scarpe a Milano. Si confidavano tutto o quasi tutto. La Nuccia aveva un gran desiderio di sposarsi, ma gli uomini in quel periodo a Milano, sembrava che pensassero a tutt'altro che al matrimonio. Anche la Maria Teresa (altra collega) aveva la sindrome della zitella, aggravata dal fatto che ormai aveva superato i trent'anni. L'invidiatissima Isabella invece era felicemente sposata e raccontava tutti i particolari del suo matrimonio e le qualità eccezionali del suo "macho". Altri erano uomini e uno di loro, di derivazione padovana, aveva una lingua talmente biforcuta che Amerio aveva imparato a starne alla larga.

Dopo tutti gli avvisi dei colleghi quando incontrava Letizia cominciava a preoccuparsi. Da un lato questi incontri erano sempre molto piacevoli, d'altro canto lo terrorizzava la possibilità che potesse crearsi qualche situazione sgradevole e ne subisse danno la sua carriera o peggio la sua permanenza nel gruppo.

Letizia invece diventava sempre più ardita, finché una sera, mentre passeggiavano fuori degli uffici, lei gli chiese se avrebbero potuto vedersi la domenica successiva. A questo punto Amerio sollevò la mano sinistra su cui la fede ancora nuova mandava sprazzi dorati e le disse:

- Lo sai che sono sposato?-

-Scusa, non me n'ero accorta-

rispose lei. E da quel momento sparì dal suo orizzonte.

Il racconto che più ambivo ascoltare da Amerio era quello della nascita di suo figlio, che in realtà sarebbe stata una bambina. Percepire se quelle emozioni lo avrebbero maturato e gli avrebbero fatto provare più intensamente l'amore per Adelina.

Io che al centro della mia vita avevo il problema di non poter avere figli, e che ero stata condizionata da questo evento al punto di sfiorare la tragedia, volevo entrare nel suo cuore e comprendere in modo molto ravvicinato quali erano i suoi sentimenti.

Nell'imminenza del parto aveva preso dei giorni di ferie ed era rimasto giorno e notte in clinica. Poiché la sera lo cacciavano via si nascondeva in corridoio cercando di impietosire le infermiere affinché chiudessero un occhio.

Aveva passato due notti in piedi nell'attesa finché alle quattro di mattina seppe che era nata Margherita. Quando ottenne di poterla prendere in braccio era colmo di meraviglia. Non riusciva a vedere il nesso fra quel pomeriggio d'amore di nove mesi prima e questa creatura che emanava una bellezza sublime. La testa un po' a pera per le fatiche del parto, gli occhi lunghi a mandorla da donna orientale, la bocca raccolta come un fiore, la pelle vellutata e traslucida la mostravano diversa da tutti gli altri bambini del nido. Anzi gli altri gli sembravano piccoli mostri, strano che non li avessero eliminati…e poi le mani, erano le sue stesse mani in miniatura, e così anche i piedini, e le orecchie tutte lavorate. I capelli nerissimi erano quelli della madre, che li aveva avuti molto belli e fino ad allora non li aveva mai colorati. Dopo aver partecipato la gioia ad Adelina, che era abbastanza provata dal lungo travaglio, uscì per le vie di Verona, sentiva il bisogno di dirlo a tutti che era diventato papà di una figlia bellissima, e, di fatto, fermava vecchiette sconosciute per strada per comunicare la grande novità.

Poi andò a cercare i suoi genitori e scrisse anche una poesia perché il cuore potesse traboccare di gioia. Amerio trovò l'abitazione per la sua famiglia nella periferia di Busto Arsizio. Una casupola in mezzo a terreni di risulta dove non cresceva neanche un filo d'erba, completamente isolata nel giro di cinquecento metri. C'era un garage, ma l'auto non c'era ancora, e dopo pochi gradini si entrava in un piccolo locale che faceva da ingresso. Da una parte la cucina e il bagno, dall'altra la camera, troppo grande per fare da camera da letto e troppo piccola per essere divisa in due locali. L'umidità era rilevante e la sistemazione dei mobili, che erano perfettamente adatti alla casa di Verona, risultava demoralizzante. Tutto questo emerse con chiarezza dopo il trasloco, ed emersero tutte le scomodità che Adelina avrebbe dovuto affrontare.

Con una bambina piccola e tanto tempo da passare lontano dal marito, la prospettiva non era per niente rosea. Amerio si affrettò ad acquistare due anatre per il garage e un cane per compagnia. Le cose che pensava le faceva senza neanche porsi il problema di chiedere un parere ad Adelina, che si trovava a dover subire tutto senza battere ciglio.

Veramente avrebbe potuto parlare, lamentarsi, piangere, sbattere i piedi per terra, minacciare. In realtà non faceva niente di tutto questo, ma cominciava a riempire un sacco con le prime delusioni che arrivavano giorno per giorno, sacco che nei prossimi quindici anni si sarebbe riempito completamente.

Bicicletta e treno erano i mezzi di trasporto utilizzati da Amerio per andare al lavoro. Dopo qualche mese Margherita si ammalò di bronchite, e per sfuggire all'umidità e al gelo di quella casa Adelina la riportò dalla madre a Verona.

Là si ammalò anche lei e le venne una febbre altissima. Mastite. La madre si occupò di lei mentre Amerio non si era quasi accorto di quella settimana durissima che la moglie stava vivendo con il solo aiuto dei suoi genitori.

Amerio lavorava alacremente. Pensava che quello fosse il suo ruolo e a quello doveva dare tutta la precedenza. Annualmente il personale riceveva una valutazione e un aumento di stipendio e Amerio aveva ricevuto il primo riconoscimento.

La zia di Adelina e lo zio Franco, avevano trovato un miniappartamento proprio nello stabile dove abitavano loro. Era in città, in Viale Abruzzi, al quinto piano, con un balconcino che dava sulla via piena di traffico dove sferragliavano i tram e si rincorrevano le autovetture.

Il livello d'inquinamento era spaventoso, buona parte degli stabili utilizzava il riscaldamento a nafta, non ancora vietato, che non soltanto lasciava uno strato di nauseante sporcizia dappertutto, ma anneriva il cielo a tal punto che a volte, a mezzogiorno, si dovevano accendere i fari e le luci come fosse notte! Margherita cresceva con il tipico pallore degli abitanti di Milano e Adelina aveva fatto amicizia con la sua vicina di piano che in pratica le faceva più compagnia di sua zia.

I negozi erano vicini e l'ascensore favoriva uscite frequenti con la loro piccola. Ora si riproponeva il problema morale dei rapporti sessuali, e Amerio aveva provato a chiedere un consiglio in confessione in una chiesa di Milano. Quel memorabile dialogo lo ricordava tutto parola per parola. Aveva detto al confessore:

-Ecco padre, sono sposato da circa un anno e abbiamo già una bambina. Vorrei sapere se è peccato compiere l'atto sessuale in modo che non vengano figli. Sa, abbiamo difficoltà economiche e poi mia moglie ha avuto un parto difficile e il medico consiglia di lasciar passare del tempo prima della prossima gravidanza.-

- Peccato è peccato, ma poi come compierlo in modo che non vengano figli?-

- Beh, mi sembra ovvio. Non lasciando che il seme entri nella donna.

- E dove glielo vuoi mettere il seme? Nel di dietro? Tu cosa credi?

- No, non dicevo questo. Basta tirarsi indietro prima di arrivare al compimento dell'atto sessuale, ecco. E poi è anche lei che non vuole avere più figli per il momento.

- Ebbene l'unico metodo consentito dalla Chiesa è il metodo Ogino-Knaus. Si tratta di pazientare solo quattro giorni al mese in fondo. Poi tutti gli altri giorni sono sicuri! Se poi la moglie non vuole saperne allora vuol dire che la colpa è sua e tu lasciala fare, sono affari suoi. In questo caso non dico che sei a posto con la coscienza, ma non sei neanche in peccato grave.

Cerca di dissuaderla, ma se lei insiste, piuttosto che rovinare il baraccone della famiglia, fai finta di niente.

C'è un po' di tolleranza verso chi subisce la decisione, capito? -

Amerio era un po' sconcertato da questo modo di porre il problema e anche da questo modo di parlare, e non si sentiva di attribuire alla moglie una responsabilità che la mettesse in peccato grave, questi consigli non erano adatti al suo caso.

Comunque decise di rimettersi a Ogino-Knaus sperando che uno studio attento del ciclo consentisse una certa tranquillità. Passò qualche mese, ma nella primavera successiva arrivò forte e chiaro il messaggio di una nuova gravidanza.

I viaggi domenicali a Verona erano molto frequenti e Amerio aveva ricevuto in regalo dal padre la Fiat 600 da lui usata in quegli anni. Questi viaggi erano voluti in special modo da Adelina a cui Verona mancava sempre molto, e non facilitavano un assestamento familiare e il fiorire di qualche amicizia a Milano, che la facesse sentire integrata.

Spesso Nuccia faceva notare queste cose ad Amerio mentre gli faceva anche i conti in tasca per dimostrargli quanto andava a spendere in più ogni mese per i viaggi. Queste cose gliele faceva notare per amicizia, perché lei, pur avendo pochi anni di più, sentiva di avere più esperienza e quel ragazzo così ingenuo e così entusiasta gli faceva tenerezza.

Adelina d'altronde non seguiva dei capricci senza motivo. Si sentiva veramente sola e sperduta in quel contesto di grande città in crescita. Qualche volta andava a prenderlo all'uscita dal lavoro.

Amerio ne approfittava per presentarla a qualche sua collega e mostrare con orgoglio la piccola figlioletta che sorrideva dal passeggino.

Invariabilmente lei si sentiva inferiore e le passava la voglia di fare quelle sortite. Una volta la voglia le passò del tutto, quando arrivando vide Amerio con un braccio sulla spalla di una ragazza bionda, piuttosto bassa di statura, in atteggiamento affettuoso.

Non aveva detto nulla al momento e Amerio ricordava più il risentimento di Adelina, manifestato molto tempo dopo, che il fatto in sé. Probabilmente era una ragazza toscana che lavorava in pubblicità e con cui aveva sempre un sacco di cose da dirsi. Amava lanciarsi in qualche flirt innocente, salvo ritrarsi per tempo quando cominciava a sentire odore di bruciato.

La seconda gravidanza, che all'inizio sembrava procedere al meglio, verso il quinto mese cominciò a complicarsi, e il rischio di aborto era considerevole.

Amerio aveva fatto visitare la moglie da un famoso ostetrico che chiese se preferivano portare avanti la gravidanza o lasciare che l'aborto avvenisse.

Per salvare il feto Adelina dovette stare un mese immobile a letto, mentre sua madre come un angelo del soccorso era arrivata da Verona per accudire la famiglia. Altrettanto avvenne nei giorni del parto che poi avvenne felicemente a tempo debito e si concluse con la nascita di Smeralda, una bella bambina con occhi verdi e mani robuste, che sarebbe vissuta felicemente all'ombra della sorellina che le manifestava, pur così piccola, tutto il suo affetto.

All'età di sette anni, avendo conosciuto la sua storia, aveva commentato: -Io non volevo essere un nulla!-.

Superato anche questo evento ripresero i viaggi a Verona; ormai la Fiat 600 era una nursery ben attrezzata, capace di fronteggiare anche le lunghe code per gli interminabili lavori autostradali del ponte sull'Oglio. Il padre di Amerio era un nonno molto affettuoso e amava giocare con le piccole, ne registrava le voci e gliele faceva riascoltare, le portava fuori per scattare delle foto, sembrava cambiato anche verso di lui e se gli dava qualche consiglio lo faceva in modo molto discreto.

I viaggi a Verona cominciarono ad alternarsi con delle gite fuori Milano, a Morimondo a mangiare le rane fritte o a Cuggiono dove il Ticino era ancora limpidissimo e si poteva godere il piacere di un bel bagno nell'acqua fresca del fiume.

Un giorno Adelina pensò di andare a trovare la sua vecchia amica Sara che abitava nel varesotto. Per lo zio Franco era una nipote di secondo grado e quando da ragazza veniva a Milano, si trovavano insieme nella sua casa e passavano il tempo a farsi confidenze e a vivere come sorelle.

Amerio accettò senza molto entusiasmo di fare quella gita. Considerava sempre di scarso interesse quel che non sbocciava dalla sua iniziativa, ma gli sembrava anche giusto per una volta accontentare la sua sposa.

Andarono così a Roncobello, dove Sara viveva con la vecchia madre e stava sfaccendando in cucina.

Si asciugò le mani e uscì ad abbracciare Adelina, mentre Amerio prendeva in braccio Smeralda e Margherita già rincorreva le galline nel cortile. La prima sensazione di Amerio fu che Sara era veramente brutta. Il viso irregolare, le labbra grosse e i capelli ispidi di uno sgradevole color pannocchia. Quando lo sguardo scese verso il basso però dovette costatare che i seni erano della grandezza giusta, il ventre molto contenuto, le gambe lunghe e nervose, il sedere piccolo e presumibilmente sodo, insomma un bel corpo piacevole da guardare. Era un corpo atletico per la passione che Sara aveva per la montagna, che la portava appena possibile a sciare o a fare delle belle arrampicate.

Adelina, indaffarata com'era a cambiare Smeralda, che piangeva perché ormai aveva fame, non si accorgeva che Amerio stava spogliando con gli occhi la sua amica. Dopo un pranzo senza molta fantasia a base di risotto, cotolette di pollo, insalata e torta di cioccolata Adelina e Sara parlarono un bel po' della loro vita.

Sara, che aveva appena superato i trent'anni, era stata fidanzata per sei anni con un ragazzo calabrese che poi l'aveva lasciata, era tornato al suo paese e aveva sposato una ragazza del luogo.

Poi aveva avuto una breve storia con un uomo sposato con cui andava a sciare, ma non vi era stato alcun seguito e si erano persi di vista.

Ora era libera come l'aria e di aria ce n'era tanta e buona las-sù. Alla fine si resero conto di essere così contente di vedersi che cominciarono a desiderare di passare quindici giorni della prossima estate insieme.

La casa era grande, fratelli e sorelle se n'erano andati e lei vi-veva là solo con la vecchia madre. Così ci sarebbe stato spazio per tutti e quattro.

Amerio non aveva certo deciso di conquistare quella donna, capiva il rispetto che avrebbe dovuto serbarle sia per l'ospitalità, sia per non creare pasticci che potessero turbare l'armonia familia-re, tuttavia, condividere quell'amicizia con la moglie, non solo gli sembrava opportuno, ma gli pareva anche che potesse stringere le maglie allentate di un rapporto che sembrava già un po' stanco. E poi finalmente Adelina avrebbe potuto coltivare una sua amicizia, lei sempre così sola nel suo vivere milanese cui ancora non riusciva ad abituarsi e sempre più nevrotica nella sua routine quotidiana. Il suo umore, infatti, stava peggiorando e sempre più frequentemen-te manifestava nervosismo nei confronti delle figlie e, invece di ac-cettare di buon grado le incombenze materne, con il sorriso sulle labbra, urlava contro di loro e la rabbia prendeva il posto della pa-zienza.

Di notte Amerio non si svegliava per il piangere delle bam-bine, poiché invariabilmente piangevano entrambe, ma si svegliava perché la madre gridava: -Allora dormi sì o no?- e scrollava la culla in un modo spaventoso. Quando poi si svegliava, stentava a ri-prendere sonno e allora a sua volta si arrabbiava, perché lui doveva andare a lavorare, e il suo lavoro era importante e doveva essere ben sveglio per farlo bene, perché lui "lavorava con il cervello".

Comunque molto spesso si rassegnava, prendeva in braccio Margherita e la cullava cantandole una ninna nanna in dialetto sici-liano e passeggiando per la casa. Qualche volta al momento di es-sere deposta nella culla si svegliava e tutto doveva ricominciare daccapo. A me pareva che se mi fosse toccata la fortuna di avere una bambina, sarei stata volentieri tutta la notte a cullarla perché quella sarebbe stata tutta la mia vita e le avrei dato sempre e solo amore e mai rabbia.

L'estate si apriva con la morte di Giovanni XXIII e da quell'evento scaturivano luminosi i quattro anni di pontificato che avevano indicato la strada di un grande rinnovamento e avevano dimostrato che il cuore della Chiesa e il cuore degli uomini erano stati pieni di errori e si erano allontanati sempre più dal messaggio evangelico. Aver indirizzato a tutti gli uomini, piuttosto che ai soli cattolici, l'enciclica "Pacem in Terris", aveva messo in evidenza più che mai la necessità di lavorare tutti insieme, tutti gli uomini di buona volontà, alla costruzione di una vera pace che passava attraverso il superamento della divisione dei cattolici dai comunisti.

Aveva sconvolto il mondo cattolico ricevendo in Vaticano il genero di Krushew e aveva così dimostrato che non voleva riempirsi la bocca con delle parole, ma dava l'esempio con i fatti. Fra le innumerevoli voci di rimpianto ci fu anche quella di Togliatti: "... *ci riempie di dolorosa commozione... ha superato barriere che sembravano invalicabili aprendo prospettive che ancora ieri potevano sembrare irreali. Giovanni XXIII si è affermato come una delle più grandi personalità del mondo contemporaneo*".

Le speranze di Amerio di un rinnovamento della Chiesa, erano fondate specialmente sul Concilio che forse, con il diaconato dei laici, avrebbe portato una maggior unione fra clero e laici, e quindi invece che portare il mondo fra i preti avrebbe portato il sacro fra i laici. E per sacro intendeva una religione più interiore, più simile alla mistica delle più antiche tradizioni, e a quella contemplazione che già il monaco trappista e scrittore Thomas Merton gli aveva mostrato nei libri "La Montagna delle sette balze" e "Semi di contemplazione".

A cosa serviva mettere le mani sulla politica per fare una politica cattolica che diventava sempre più sporca? Era inquinata dal ladrocinio di speculatori senza scrupoli, che facevano scrivere sui giornali che erano buoni cattolici che facevano la loro comunione quotidiana, e poi si davano molto da fare per acquistare attraverso i loro parenti a basso prezzo le terre che dovevano essere acquistate dallo Stato per dei lavori pubblici. I prezzi abbondantemente lievitati in tal modo davano soldi a palate a quei manigoldi a spese della povera gente che era salita al nord dal mezzogiorno per sfuggire alla miseria, e che avevano svuotato le campagne del sud, introducendo zone di degrado in città come Torino, Milano,

Roma e tante altre.

E avrebbero lasciato così nell'abbandono il sud, che sarebbe stato meta di una speculazione edilizia selvaggia e antiambientale da parte di gente senza scrupoli.

Il discredito delle gerarchie cattoliche verso l'orazione, la meditazione, la contemplazione, si era già visto dai tempi di Pio XII, dal modo di utilizzare antiche strutture contemplative e monasteri di clausura, per un sacerdozio attivo, perché la Chiesa riteneva che ci fosse bisogno di preti che andassero a predicare contro il comunismo.

Amerio ricordava bene le sue visite a monasteri come Praglia nei pressi di Padova e Grottaferrata a Roma, dove quelle sacre strutture contemplative si erano trasformate in dormitori per monaci-sacerdoti che correvano nelle parrocchie a fare i servizi per cui non bastavano i preti secolari.

Quello che non si pensava era che gli uomini non sono fatti solo per l'azione ma anche per la meditazione, e quel che era stato messo in disuso dalla Chiesa, fortunatamente sarebbe stato preso a piene mani dalle tradizioni orientali induiste e buddiste mentre le chiese cattoliche si sarebbero sempre più svuotate sia di vocazioni sia di praticanti. Ma questo si sarebbe visto molto tempo dopo!

Il lavoro di Amerio procedeva nel migliore dei modi, era inserito in una rotazione delle mansioni che gli consentiva di prendere pratica di ogni aspetto dei bilanci ed era ben valutato dai suoi capi italiani, poiché quelli americani erano ancora inaccessibili al suo livello. Un giorno era stato chiamato lassù non si capiva se per un'erronea coincidenza o per volontà deliberata di qualcuno che voleva conoscerlo personalmente. Mr. Smith fumava la sua pipa con molta concentrazione e con un inglese stretto lo interrogava su argomenti abbastanza futili. Amerio, al massimo della tensione, riuscì a rispondere in un inglese che rivelava tutta la sua italianità, che comunque era abbastanza comprensibile.

Improvvisamente il grande Capo schiacciò un bottone su una pulsantiera che aveva sul tavolo di noce massiccio, che strideva maledettamente con le tendine a strisce bianche dei grandi vetri sigillati che condannavano a respirare aria condizionata tutto l'anno, e si presentò una signora con i capelli raccolti e il grembiule azzurro. Mr Smith ordinò un tè per entrambi, che arrivò pochi minuti dopo, mentre leggeva un foglio dattiloscritto, probabilmente una circolare che avrebbe diffuso a tutto il personale. Le due tazze di tè erano sul tavolo fumanti e c'era un silenzio molto imbarazzante. Mr Smith fece un cenno con la mano intendendo che Mr. Foglia poteva accomodarsi e iniziare a bere, così Amerio prese due cucchiaini di zucchero dalla zuccheriera e li versò in quel piombo fuso, girando il cucchiaino nella tazza in modo che non facesse rumore. Pensò che a quel punto avrebbe dovuto bere, ma tremava al pensiero del rumore che avrebbe potuto fare con la bocca e alla figuraccia che sicuramente ne sarebbe conseguita.

Portò la tazza alla bocca e cominciò a bere a piccoli sorsi di fuoco che gli ustionavano la bocca. Doveva comunque resistere in attesa che quel supplizio finisse.

Quando finalmente e stoicamente arrivò agli ultimi sorsi Mr. Smith portò alla bocca la tazza e sorbì il tè risucchiandolo con un rumore simile a quello che i giapponesi fanno con la bocca, convinti che sarebbe ineducato bere silenziosamente!

Il suo capo diretto, che era rimasto assente per una giornata di permesso, saputo che il Foglia era stato chiamato ai piani alti, era caduto in una crisi di panico, finché il mistero si sciolse e si capì che doveva essere testata la sua capacità di cavarsela con l'inglese, poiché quell'anno avrebbe avuto lui l'incarico di portare nella sede europea di Rotterdam un grosso sacco con tutti i fascicoli del budget annuale di tutte le società. Avrebbe dovuto viaggiare in treno, usufruendo di un vagone letto e destreggiarsi con i controlli doganali e con questo sacco che avrebbe avuto un peso di circa venti chili. Così gli dicevano quelli che già avevano fatto questa esperienza. Sembrava una prova iniziatica per il malcapitato di turno, che comunque poteva preludere a qualche incarico importante all'interno del grattacielo, o magari fuori!

A parte questa novità luglio era vicino e Adelina stava preparando giudiziosamente tutto il necessario per il viaggio a Roncobello. La sera ogni tanto si recavano a trovare la zia che abitava al pian terreno di fronte alla portineria e lo zio offriva quasi sempre torrone e Vecchio Romagna, fra una chiacchiera e l'altra, fra una sigaretta e l'altra.

Amerio, infatti, era diventato un accanito fumatore con le dita ingiallite e la tipica tosse mattutina, prodotta da polmoni disperati per il catrame da fumo e per quello da inquinamento!

D'altronde nell'ambiente di lavoro quasi tutti gli uomini fumavano e non si poteva certo essere dei diversi! Il fumo poi era una prerogativa quasi esclusivamente maschile, per cui non fumare sarebbe stato imbarazzante.

Per la donna il fumo non era per niente diffuso, e comunque era un segno di civetteria eccessiva. Fumare per strada poi sarebbe stato come equipararsi a delle prostitute.

Sara ci attendeva con la sua aria da campagnola, con un foulard in testa e la scopa in mano. Dopo un abbraccio scambiato con Adelina strinse la mano ad Amerio e prese in braccio Smeralda che la guardava sospettosa.

La portò a vedere le galline che a passetti corti si allontanavano alzando le ali. Poi arrivò la madre di Sara tutta vestita di nero con un grembiule a fiorellini bianchi.

Salutò tutti velocemente, poi rimproverò la figlia perché non aveva ancora provveduto a farli sedere nel soggiorno. Sara le fece notare che dovevano tirar fuori dalla vettura tutti i bagagli e poi doveva accompagnarli nella loro camera. Un bracco bianco e nero arrivò mezzo insonnolito e cominciò ad annusare Margherita, ma lei era terrorizzata dai cani, quindi cominciò a piangere con quanto fiato aveva in corpo. Sara tentava di rassicurarla garantendole che non le avrebbe fatto niente. Poi legò Picchio alla catena in cortile e Margherita si calmò.

Allora incominciò a piangere Smeralda. Aveva bisogno di essere cambiata. Amerio non avrebbe mai adempiuto un simile compito, la presenza e l'odore della cacca lo infastidivano e gli davano sgradevoli sensazioni allo stomaco.

-Vorrei vedere cosa faresti se non ci fossi io -

gli diceva Adelina, ma Amerio sapeva che Adelina ci sarebbe stata sempre!

La signora Rosa, madre di Sara, aveva preparato un delizioso risotto con filetti di pesce persico e insalata appena colta nell'orto. A pranzo finito, Sara aveva sparecchiato e aveva cominciato a lavare i piatti, mentre Adelina si era messa ad allattare Smeralda.

Amerio si era seduto vicino a Sara, un po' dietro di lei, e continuava a parlarle, a raccontarle i fatti della sua vita e i fatti della politica.

Mentre le parlava seguiva i movimenti del corpo e ne intuiva tutte le curve e si sentiva eccitato. Scacciava l'immagine che gli si presentava davanti alla mente: lui e lei riversi a fare l'amore.

Poi pensava che era un cattivo pensiero e se ne pentiva, girava lo sguardo verso Adelina e la vedeva nella sua opera materna di nutrimento, pura e indifesa. E concludeva in se stesso che la amava veramente tanto, e che non l'avrebbe mai tradita.

Il soggiorno a Roncobello era abbastanza rilassante per Amerio, non altrettanto per Adelina che, non avendo tutte le comodità della sua casa s'innervosiva spesso e manifestava nervosismo con parole di rabbia e di rimprovero verso le piccole che probabilmente rispecchiavano tutto quel che avrebbe voluto rinfacciare ad Amerio.

Non riusciva a piangere, disperarsi, sfogarsi o a prendersela con Amerio in modo da dirgli una buona volta tutto quello che non tollerava in lui e tutto quel che avrebbe desiderato per tornare come prima, ai tempi ormai lontanissimi del fidanzamento.

E si limitava a inquinare l'ambiente con un monologo solitario e rabbioso, quasi fosse stata certa che nessuno avrebbe potuto capire le sue profonde delusioni, che c'erano, e in futuro si sarebbe capito benissimo.

Tutto questo era registrato mentalmente da Sara.

I dintorni erano molto belli e con grande altruismo Adelina aveva invitato Sara a uscire con il marito per fargli vedere un po' la bellezza dei dintorni. Così una mattina erano partiti subito dopo colazione, per una passeggiata alla Porta delle Cornacchie, da dove si poteva godere un panorama stupendo sulla valle sottostante.

In quel luogo delizioso Sara parlava con Amerio facendo un lento lavoro di demolizione del rapporto matrimoniale.

Cercava di fargli capire che Adelina mandava messaggi d'infelicità perché non sapeva apprezzare il bene che le era capitato e teneva lui legato a una catena che si accorciava sempre di più e che ormai non lo lasciava respirare. Questo tema divenne predominante nelle loro conversazioni e quando Adelina non era presente affrontavano questo problema.

Sara voleva dimostrargli che lui era la vera vittima e che se fosse andato avanti così, certamente Adelina avrebbe finito per bloccarlo nella carriera e gli avrebbe impedito di raggiungere quei vertici cui lui aspirava.

Non trovare mai momenti da passare insieme ma occuparsi sempre e in modo stressante delle figlie piccole, salvo i rari momenti in cui la suocera poteva dare una mano, era secondo lei l'inizio di una sicura rottura.

Quando poi passarono a parlare della vita intima, che si era trasformata impercettibilmente in un dovere coniugale e non era più quel piacere ricercato per esprimersi amore, a Sara fu ancora più chiaro che il rapporto era praticamente finito e disse chiaramente ad Amerio che secondo lei quanto prima avrebbe trovato una nuova compagna.

Amerio era lusingato per esser messo in primo piano e gli piaceva essere considerato una povera vittima, ignara del destino che gli sarebbe toccato, ma era anche spaventato dal modo freddo e implacabile con cui Sara toccava tutti quegli argomenti, e poi l'idea di lasciare la moglie non l'aveva mai neanche sfiorato.

Sembrava che di là dall'affetto che apparentemente mostrava alla sua vecchia amica, covasse un odio antico per lei o forse una gelosia, o un'invidia o non si sa quale altra emozione negativa.

Sara si era offerta per sorvegliare le bambine affinché gli ospiti potessero godere qualche ora da soli, ma Adelina aveva rifiutato categoricamente e questo sembrava confermare tutte le ipotesi catastrofiche di Sara.

Alla fine del soggiorno il loro affetto sembrava molto rafforzato, si trattavano entrambe come sorelle e Amerio, avendo conosciuto un po' meglio Sara e avendo scambiato con lei tutte quelle confidenze, non faceva più molta attenzione alle sue forme provocanti e apprezzava la lucidità della sua mente pratica, e la sua amicizia.

Prima di salutarsi le due amiche si erano promesse di rivedersi presto. Questa volta sarebbe stata Sara a venire a Milano dove sarebbe stata ospitata nella loro casa, e questo sarebbe avvenuto in autunno.

Tornando al lavoro Amerio aveva trovato un'atmosfera febbrile. Un gigante della concorrenza aveva inventato un gioco pubblicitario d'incredibile efficacia, per cui i prezzi dei prodotti similari si erano abbassati incredibilmente e le vendite del Gruppo erano scese a livelli fallimentari. Gli uffici pubblicitari e l'UBB erano in pieno fermento e Amerio si trovò subito a fare moltissime ore di straordinario che gli portavano via parte della notte. Tutti i budget andavano riscritti e le ipotesi si succedevano a tempi ravvicinati, per cui non si faceva in tempo a finir di lavorare su uno schema, che già arrivavano le varianti.

Durante il giorno vi erano delle ore di stasi in cui Amerio raccontava tutto quel che gli era capitato negli ultimi giorni, fiducioso nel fatto che poteva esprimere liberamente tutti i fatti della sua vita privata, senza che questo potesse cambiare nulla nel corso della sua vita lavorativa.

In realtà, avrebbe saputo poi che tutte le informazioni, anche le più banali, trovavano la strada per finire nel suo fascicolo personale e avrebbero dato un quadro sufficientemente ampio perché si potesse decidere se l'impiegato aveva la maturità sufficiente a salire verso la dirigenza o se doveva continuare il suo percorso di bestia da soma, confortato da piccoli incrementi annuali di stipendio.

Politicamente le idee di chi si rallegrava per le prospettive di centrosinistra erano ben viste, purché servissero a isolare definitivamente il partito comunista, che nell'ottica americana era il nemico numero uno.

Amerio aveva definitivamente perso i contatti con la parrocchia di competenza. La vita che conduceva non gli permetteva di fare delle attività parrocchiali, e il contatto si limitava alla Messa domenicale, dove spesso Adelina non poteva recarsi poiché era difficile tener buone e in silenzio le bambine in tutta quella mezz'ora. Proprio in quel periodo erano capitati in una domenica in cui nell'omelia la passione politica era tale, da stravolgere anche il senso di certe affermazioni di Giovanni XXIII.

A quel punto avevano deciso di non recarsi più a Messa, in attesa di tempi più favorevoli.

Intanto si avvicinava il giorno in cui Amerio avrebbe dovuto fare quel viaggio a Rotterdam con la missione speciale di consegnare un sacco di "budget" alla base europea.

Si avvicinava anche il periodo di vacanza di Sara. Amerio le aveva telefonato per far coincidere il suo arrivo con il ritorno da Rotterdam. Aveva ricevuto tutto il dettaglio del viaggio, delle fermate e degli orari. Sarebbe salito direttamente sul vagone letto a Milano, per cambiare poi a Utrecht e prendere un altro treno per Rotterdam. Là avrebbe preso un taxi che lo avrebbe portato in un hotel prestigioso, il mattino avrebbe eseguito la consegna e avrebbe conosciuto il cuore finanziario di quel gruppo che, oltre a trattare articoli di largo consumo, espandeva sempre più il suo potere con operazioni finanziarie a livello internazionale.

Si era svegliato alle prime luci dell'alba dopo aver dormito magicamente bene, cullato dal dondolio discreto del vagone e, come primo pensiero, aveva controllato che il sacco non fosse stato trafugato da qualche spia industriale, poi aveva sollevato la tenda dal finestrino e un commovente spettacolo gli si era presentato davanti. Un grande e tranquillo fiume in mezzo al verde solcato da numerose imbarcazioni tutte variopinte, cariche di container, legname e altro. -Il Reno-, disse il suo compagno di viaggio che nel frattempo si era svegliato, -siamo in Germania-.

Amerio pensò all'Italia, paese straripante di acqua, dove l'unico pensiero era fabbricare autostrade e incrementare i trasporti su ruota, ma più che altro incrementare il numero delle vetture da diporto e i consumi voluttuari.

Tutti pensavano all'immediato futuro e ben pochi si preoccupavano dell'avvenire dei figli e dei figli dei figli. Le grandi opere pubbliche davano gloria ai governi di passaggio e fiumi di denaro alle sanguisughe che usavano la politica unicamente per arricchirsi.

Da lì a pochi mesi sarebbe stata inaugurata l'Autostrada del sole e la Fiat 600 stava raggiungendo i più alti picchi di produzione.

Gli incidenti stradali continuavano ad aumentare e un nuovo codice della strada era ancora in alto mare. Per lo meno un grosso beneficio l'avrebbe avuto la riviera romagnola, dove gli antichi poveri pescatori si erano trasformati in imprenditori affollando la costa di alberghi a buon prezzo che sarebbero stati accessibili con più facilità dagli operai della Fiat di Torino e da molti altri. Tutti questi pensieri si affacciavano alla mente di Amerio e anche altri pensieri riguardanti la sua vita privata.

Per esempio dove avrebbero potuto allestire il letto per l'amica di sua moglie? Certo non in camera con le bambine dove sarebbe stata disturbata in caso di risvegli notturni, forse in cucina, o forse in camera con loro. Avrebbe lasciato risolvere il problema ad Adelina, per evitare qualsiasi fraintendimento.

Arrivato a Utrecht e disceso con il suo pesante bagaglio, si mise a cercare l'altro treno, ma non capiva una parola della lingua, continuava a ripetere Rotterdam! Rotterdam! Ma era guardato con commiserazione e il tempo passava rapidamente.

All'ultimo momento trovò una persona gentile che lo indirizzò in modo corretto e fece appena in tempo a salire sul treno in partenza.

A Rotterdam costatò che quasi tutti conoscevano l'inglese e quindi poteva parlare con la gente. Trovò il taxi che lo depositò presso l'hotel e ci fu subito del personale che si preoccupò del bagaglio e di consegnargli la chiave. Il più della tensione era passato.

La camera gli sembrò addirittura sontuosa. Una grande vetrata dava verso l'esterno con vista sul porto che era pieno di navi e imbarcazioni delle stazze più svariate. In quel momento provò commozione e ripensò ad Adelina e a quanto avrebbe voluto averla con lui in quel momento. Desiderava stare un po' solo con lei e riaccendere quella passione che si scatenava così focosamente ai tempi del fidanzamento quando il rispetto della verginità sembrava l'ostacolo più grosso alla realizzazione della felicità. Ora un grosso ostacolo era curiosamente rappresentato dalle figlie, dalle quali non potevano mai staccarsi insieme, poiché a Milano non c'erano parenti disponibili a tenerle di tanto in tanto, come succede quando si hanno tanti parenti vicini e tante zie premurose.

L'unica zia di Adelina, presente in loco, lavorava nell'azienda del marito, e non si poteva contarci.

Un'altra zia abitava in Venezuela e tornava raramente a trovare la sorella, carica di pietre dure, amuleti e probabilmente spiriti, dato che era anche medium.

L'unica possibilità era di mettere tutti in macchina e partire tutti insieme nella gazzarra più allucinante, specialmente quando gli intasamenti autostradali li costringevano ad affrontare ore e ore di coda sotto il sole o nella notte. Certo non era la stessa cosa.

Il contatto cuore a cuore, era finito. I nervi a fior di pelle erano un anti afrodisiaco assoluto. E lo era anche la preoccupazione di far bastare l'unico stipendio per tutte le spese che c'erano da affrontare, specialmente ora che Smeralda aveva bisogno di omogeneizzati e di altri cibi per l'infanzia piuttosto costosi.

Sullo scrittoio della camera in albergo c'era una bellissima carta intestata.

Amerio la usò per scrivere una lunga lettera d'amore alla sua Adelina, piena di nostalgie, rimpianti, desideri. Gli aprì la sua anima romantica sperando di ottenere un po' di apertura dal suo cuore. Spesso tentava di ristabilire un contatto con lei, un contatto vero, profondo. Ma lei sfuggiva perché aveva da fare qualcosa di più importante, i figli, la casa, lavare i vestitini delle bimbe, preparare da mangiare, lavare i piatti. Non era mai il momento adatto per approfondire qualche cosa che riguardasse il loro rapporto, c'era sempre qualche urgenza che s'imponeva ineluttabilmente.

Spesso avrebbe voluto aiutarla, pur non sapendo da che parte cominciare, ma anche se si metteva a fare qualcosa di semplice come lavare i piatti o passare l'aspirapolvere, lei glielo impediva e accettava solo di buon grado che facesse quei lavori di casa che competono agli uomini, come applicare tasselli nelle pareti, sostituire una guarnizione al rubinetto o riparare una presa elettrica andata in corto. Le bambine non accettavano di essere imboccate dal padre ma solo dalla madre o dalla nonna, in quelle poche occasioni in cui era presente. Sembrava che i ruoli fossero ben definiti e nettamente divisi. Lavoro esterno per lui e lavori domestici per lei.

Amerio invece avrebbe voluto che lei gli si avvicinasse di più, che si rendesse conto del suo lavoro e dei suoi problemi e lui avrebbe potuto aiutarla o sostituirsi a lei per farle godere qualche minuto per se stessa. Sembrava che qualcuno le imponesse l'onere di essere una moglie e una madre perfetta, e che questo si realizzasse negli atti concreti, mentre Amerio avrebbe voluto una moglie perfetta nell'amore, a tutti i livelli...

Tutto questo cercava di esporle per iscritto, e spendeva così il tempo in cui avrebbe potuto dare un'occhiata alla città. Non era la prima volta che le scriveva, questo avveniva anche in tutte le ricorrenze, e quando Adelina vedeva quelle sue lunghe lettere, si scoraggiava all'idea di doverle leggere, e molte le avrebbe lette con più attenzione moltissimi anni dopo, quando tutto, ma proprio tutto, era cambiato.

Alla fine rilesse i due fogli scritti con la sua calligrafia minuta e, compiaciuto del fatto che era riuscito a mettervi tanta passione e nessun tono di rimprovero, li ripiegò, li infilò nella busta e andò fuori ad affrancare e spedire la lettera. Ciò che gli era rimasto nella memoria era: uno, l'aperitivo chiamato "cherry" che là tutti bevevano prima di andare a mangiare; due, il giro in barca nel porto, che gli era stato offerto dai colleghi olandesi.

Quelle acque grigie e limacciose gli davano un sottile tormento e aveva desiderato che tutto finisse presto. Aveva deciso di non fermarsi là il sabato, come i suoi colleghi di Milano si sarebbero aspettati, un po' perché non voleva spendere del suo, ma specialmente perché non riusciva a godere niente da solo.

Per lui essere vivi s'identificava con l'essere coppia, non aveva neanche atteso il grande amore, aveva scelto Adelina perché gli era simpatica e gli piaceva. Riteneva che questo fosse sufficiente per cominciare a vivere insieme. L'aveva sempre accompagnato la convinzione che avrebbe avuto la capacità di costruirla e di trasformarla nella donna dei suoi sogni. Lei era la sua fuga dal passato e il suo tuffo nel futuro.

La rispettava come mamma dei suoi figli, e sperava che l'intimità e la comunicazione migliorassero con il passare del tempo. Si sentiva fiducioso e sentiva di volerle molto bene.

Aveva ripreso il lavoro, ma per dovere di ospitalità aveva chiesto e ottenuto qualche giorno di ferie per essere presente nei giorni di permanenza di Sara.

Era andato in macchina a prenderla alla fermata delle autocorriere e mentre l'accompagnava le chiedeva notizie di Roncobello, com'era il tempo, se anche là l'estate si prolungava in un tepore dolcissimo.

Mentre prendevano l'ascensore incrociarono lo zio Franco Falcone che ne approfittò per salutarla e per chiederle come mai era da quelle parti. Poi ci invitò ad andare da loro quella sera stessa, perché la zia Irene avrebbe preparato il vero risotto alla milanese.

Adelina la incontrò con gioia e l'abbracciò e si scambiarono delle battute che solo loro capivano e ridevano tenendosi la pancia. Amerio le guardava stupito e loro ridevano anche della sua faccia perplessa. La fece accomodare in camera dove aveva steso un materasso sul pavimento dove avrebbe dormito lui, per consentire a Sara una maggior comodità, ma iniziarono subito i complimenti. Lei, diceva, era abituata a dormire nel sacco a pelo in montagna e non sarebbe stata male in quel posto di fortuna.

Nel pomeriggio c'era bisogno di fare un po' di spesa. Adelina chiese ad Amerio se poteva andarci lui con Sara, così nel frattempo le avrebbe mostrato un po' le vie di Milano, dove stranamente Sara non era mai stata, non essendo mai andata oltre Varese.

Sara si rendeva utile, facendo giocare le bambine, lavando i piatti e preparando a volte qualche cibo speciale. Adelina si sentiva imbarazzata e poco ospitale, così chiedeva ad Amerio di portarla fuori e farle visitare la città, il Duomo prima di tutto, la chiesa di S.Ambrogio, il cenacolo di Leonardo, il Castello Sforzesco, le vie lungo i Navigli e tutte quelle bellezze nascoste della vecchia

Milano, oggi celate dal rumore e dal traffico.

Sara aveva cominciato a tenerlo per mano la prima volta che erano andati al supermercato, poi la cosa era diventata un'abitudine e camminavano per le strade di Milano tenendosi per mano come bambini.

Quando erano stanchi di camminare si sedevano su una panchina e in una di quelle occasioni, Amerio le aveva messo un braccio sul collo e lei aveva stretto la testa contro il suo petto, ascoltando i tuoni del suo cuore che batteva fortissimo.

La sensazione di Amerio era che tutta quella strategia fosse combinata e prevista da qualche tempo, aveva l'impressione che fosse lei a sedurlo, ma erano talmente deliziose le sensazioni a ogni minimo contatto che sperava di essere sedotto sempre di più e prendeva anche l'iniziativa, senza preoccuparsi che potesse vederlo qualcuno che lo conosceva.

In fondo si sentiva in una città dove ognuno poteva fare quel che voleva senza preoccuparsi troppo degli altri. Sentiva che quelle sensazioni violente, mai provate, gli erano dovute dalla vita che era stata sempre così avara con lui in fatto di tenerezze, e le sperimentava con tutta l'irruenza del suo ardore giovanile.

Non provava alcuna angoscia per il fatto che stava ingannando la moglie, gli sembrava che questa non fosse un'infedeltà, ma che assomigliasse piuttosto a una di quelle scappatelle che suo padre gli diceva essere normali in un uomo e che comunque non intaccavano la fedeltà coniugale.

Quante volte si era indignato davanti a questi discorsi, ma ora gli sembravano giusti, gli sembrava che questa esperienza lo potesse avvicinare a suo padre. Cominciò a baciarla in tutte le occasioni favorevoli e gli sembrò di capire finalmente com'è un vero bacio. Lei si abbandonava completamente con il corpo mentre la sua lingua si attorcigliava alla sua in una corrispondenza anatomica e sensuale che fino ad allora aveva soltanto immaginato nei momenti di delirio solitario.

La sua spudorata capacità di mentire era incredibile, alla presenza di Adelina sembrava l'amica più onesta e sincera che si possa immaginare. Amerio si sentiva partecipe dell'inganno e questo gli dava un senso di colpa, attenuato poi dall'urgenza dei sensi.

Non contenti di flirtare fuori, cominciarono a studiare i momenti più opportuni per flirtare in casa. Calcolavano i movimenti di Adelina per approfittare di ogni istante favorevole. Si erano inventati una grande passione per il gioco delle carte, e mentre apparivano infervorati a giocare a scopa, Adelina si scusava e dopo aver messo a letto le bambine si coricava anche lei, perché era stanchissima.

Allora le mani di Amerio lasciavano le carte da gioco e cominciavano a carezzare le lunghe cosce di Sara e a esplorarne la geografia con metodica accuratezza. Sara si abbandonava voluttuosamente e socchiudeva le labbra e gli occhi per essere baciata fino in gola, mentre Amerio il mattino aveva la lingua indolenzita per gli sforzi muscolari inusuali.

Ogni tanto andava a controllare che Adelina stesse dormendo, e la vedeva in mezzo al letto completamente sotto le coperte. Stava in mezzo perché fin dal primo giorno per risolvere il problema della scomodità aveva tolto il materasso da terra, decidendo che lei avrebbe dormito in mezzo, Sara alla sua sinistra e Amerio alla sua destra. Di notte a volte doveva alzarsi perché le bambine si svegliavano e volevano essere cullate un po'.

Allora le braccia di Amerio si allungavano spropositatamente verso i seni o le cosce di Sara, salvo rientrare immediatamente al rumore dei passi. Al mattino Adelina si alzava per prima e preparava il caffè per tutti. Poi lo portava in camera augurando affettuosamente il buongiorno.

Una mattina Amerio aveva calcolato male i tempi e mentre arrivava il caffè era con la testa sotto le coperte occupato in strane manovre. Ebbe il coraggio di dirle che aveva fatto uno scherzo e si era nascosto perché lei lo cercasse. E Adelina si mise a ridere.

A volte si chiedeva se fosse mai possibile che non si accorgesse di nulla. In realtà così sembrava. Ed era un mistero come dubitasse delle colleghe con le quali non faceva assolutamente niente, e non vedeva quel che le avveniva sotto gli occhi, che tutto sommato era abbastanza grave.

Sara disse poi che almeno per una volta, era giusto che andasse fuori Adelina e che lei rimanesse in casa a guardare le figlie. Così quella sera Amerio si trovò fuori con la sua sposa e la portò al cinema. Scherzarono sul fatto che sarebbe stato bello avere due mogli che dividessero i compiti di casa e le cure del marito a beneficio dello stesso. In un certo senso Amerio lo pensava veramente. Il senso era che sentiva di poter amare contemporaneamente Adelina e Sara se solo gli usi e costumi lo avessero consentito. Le chiese se aveva letto la sua lettera da Rotterdam, -Sì, bella, aveva detto lei. Avrebbe voluto dirle che non chiedeva un giudizio estetico, ma cosa pensava lei di quel che le aveva scritto, poi ripensando alle attuali circostanze lasciò correre e così quella sera non cambiò nulla di quel che era la situazione del rapporto matrimoniale.

Andarono a vedere un vecchio film, "La gatta sul tetto che scotta", e tornarono a casa a raccontarlo a Sara. La sera dopo uscirono Sara e Amerio, ed ebbero tanto da dirsi.

Capitolo 6

E' sbagliato dipendere dalle proprie emozioni. E' sbagliato pensare che alcune emozioni possano condurci alla felicità. E' giusto però sperimentare ogni emozione che la vita ci propone, per capire qual è l'aspetto illusorio che più ci attrae. Se scopriamo le illusioni che sono alla base della nostra vita, siamo già a buon punto nel nostro cammino di crescita interiore.

Arrivò il giorno del commiato, tutto era andato magicamente "bene" perché non erano mai stati scoperti né da Adelina né da altri nelle loro manovre d'amore.

Non potevano accettare l'idea di non vedersi più, anche perché il desiderio cresceva di giorno in giorno e lei aveva progettato un incontro d'amore perfetto, in un albergo di Bergamo alta, che conosceva per i fuochi d'artificio di un'altra storia, ormai passata.

Quando glielo aveva detto, Amerio era rimasto pensieroso, questo sarebbe stato la totale consumazione dell'infedeltà verso la moglie, e sarebbe stato un peccato molto grave.

Comunque avevano deciso di vedersi a Milano forse una volta alla settimana. Sarebbe venuta lei con l'autocorriera e avrebbero potuto passare almeno qualche ora insieme. Il prossimo incontro familiare, sarebbe avvenuto invece a breve, in un viaggio a Verona.

L'avrebbero prelevata a Milano e portata con loro a casa della madre di Adelina che non la vedeva da molto tempo e l'avrebbe ospitata molto volentieri.

I racconti di Amerio, che ascoltavo attentamente e poi annotavo scrupolosamente, risvegliavano in me ricordi spesso seppelliti nella parte più profonda di me stessa e, ascoltando lui, ascoltavo anche me stessa, perché ho capito che il fatto di sentirsi unici nel proprio dolore, nel proprio sentire, o nella capacità di amare gli altri, è una semplice difesa, non è la realtà.

La realtà è che sul piano emozionale siamo terribilmente simili l'uno all'altro. Quello che Amerio non poteva ancora capire era che i suoi dolori strazianti non erano unici al mondo, perché la sua carne era uguale a quella del suo nemico prete, come lo era a quella di tutti gli esseri viventi sulla terra, o almeno di tutti quelli che avevano la capacità di soffrire.

Era proprio quel senso di solitudine nel dolore che mi aveva condotto al suicidio, quindi ora lo potevo capire benissimo. E potevo capire quanto rischiava Amerio nel suo travaglio interiore.

I miei studi erano stati il frutto di una mia caparbia volontà di emergere da quel ghetto in cui avevo iniziato la mia giovinezza, dove lo studio era roba per i ricchi ed io appena avuta la licenza elementare ero stata messa a lavorare in un laboratorio di sartoria industriale. Dopo i vent'anni avevo preso la licenza media in un anno, usufruendo d'iniziative pubbliche che ne davano possibilità. Poi studiando da sola e con grande tenacia, con l'aiuto di Beppe che insegnava lettere alle medie, ero riuscita a ripercorrere in tre anni l'itinerario scolastico delle magistrali.

Una volta sposata con Toni, ebbi la pazza idea di iscrivermi a sociologia a Padova ed ero riuscita a sostenere tutti gli esami in meno di quattro anni, riuscendo a laurearmi con la tesi: "Evoluzione della famiglia patriarcale nelle campagne della Bassa Veronese".

Lo studio mi riusciva facile e mi divertiva. Non avendo obbligo di frequenza potevo lavorare e stare vicino a Toni, mentre speravamo che un giorno o l'altro le mestruazioni scomparissero per far posto a un bel pancione. Il rapporto sessuale fra noi era diventato essenziale e routinario. Di solito rimanevo a studiare fino a tardi e quando andavo a letto Toni aveva già fatto un primo sonno, mi abbracciava, sbrigava il tutto in dieci minuti e poi continuava a dormire.

In una delle rare occasioni in cui mi fermavo a Padova per far convergere più esami e per parlare con i docenti mi capitò di conoscere Martinez, un Venezuelano che era venuto in Italia per fare delle ricerche per la sua Università di Valencia.

M'invitò a mangiare un boccone, e rimanemmo parecchio

insieme perché mi affascinava il suo parlare cantilenante. Poi molto candidamente mi chiese se volevo andare a dormire con lui.

Il giorno dopo sarebbe ripartito e sapevo che avventurarmi con Martinez non avrebbe cambiato nulla della mia vita, dal momento che la sua partenza era prossima e non l'avrei più rivisto. Ancora oggi non so perché gli risposi di sì.

Mi sembrava di averlo conosciuto da sempre e con lui mi sentivo a mio agio. Non provavo alcun disagio spogliandomi avanti a lui, e mi infilai nel suo letto mentre lui spegneva una sigaretta prima di sistemarsi accanto a me.

Credo di non aver ricevuto mai tante coccole in tutti quegli anni quante ne ricevetti da lui in una sola notte. Non aveva nessuna fretta di concludere, mi baciava lentamente e non solo sulla bocca, mi carezzava, giocava col mio corpo facendomi fremere ed eccitandomi al punto che i miei orgasmi si susseguivano senza che mi avesse ancora penetrata. Soltanto verso il mattino mi introdusse il suo gingillo dopo averlo accuratamente fasciato in un preservativo color rosa, e mi tenne abbracciata a lui con una tenerezza che non avrei neppure potuto immaginare.

Dormimmo due ore e poi ci lasciammo, come per un arrivederci, in realtà non ci vedemmo mai più.

Non ebbi nessuna reazione negativa al ritorno a casa. Toni mi sembrava sempre mio marito, la casa era sempre uguale, non provavo alcun senso di colpa. Piuttosto Toni, mano a mano che si elevava il mio livello di studi, sembrava sperimentare un allontanamento da me, quasi che andando verso la laurea mi allontanassi dai suoi problemi. In realtà facevo sempre lo stesso lavoro e non mi sembrava di darmi delle arie, anzi il contrario!

La mia mamma aveva capito il mio bisogno di sapere, e spesso si scusava per il passato, perché mi aveva messo subito a lavorare. Ma io la capivo benissimo e tuttora ho un rapporto limpido e bello con mia madre.

Il primo problema da risolvere con Sara fu quello della comunicazione. Lei era segretaria nella scuola elementare di Roncobello e non aveva difficoltà a usare il telefono. Per Amerio era diverso, lui viveva sotto gli occhi di tutti e ogni volta che il centralino gli passava la telefonata i colleghi ammiccavano e facevano gesti significativi. Nuccia era al corrente di tutto e, così come faceva il grillo parlante con Pinocchio, lei lo metteva sull'avviso per tutti i pericoli cui andava incontro in ambito familiare e anche lavorativo. Gli rammentava di avere due figlie e che l'ambiente di lavoro pur sembrando trasparente e liberale, in realtà nascondeva meccanismi d'informazione che avrebbero agito contro di lui.

Se ne sarebbe accorto soltanto con il passare degli anni quando altri sarebbero passati al primo livello, mentre lui continuava a ricevere solo promesse. Ad Amerio tutto questo passava da un orecchio all'altro e non lo spaventava l'idea di cambiare lavoro. Al momento gli interessava Sara e l'avrebbe avuta a qualunque costo.

La lontananza accentuava il desiderio e acuiva l'ingegno per poterla vedere all'insaputa di Adelina. Poiché escludeva in modo assoluto di lasciare Adelina, doveva vivere la relazione in modo segreto ed evitare qualunque sospetto che potesse incrinare i rapporti fra loro. Si videro due volte a Milano consumando tutto ciò che era possibile, con esclusione del rapporto completo, sui sedili del Maggiolino, che aveva sostituito la vecchia Fiat 600.

Poi vi fu il viaggio a Verona, come previsto, e anche in quell'occasione le mansioni di cicerone lo portarono a baciarla in tutti i posti più belli e caratteristici di Verona. Sentì anche il desiderio di farla conoscere al padre. Non si aspettava di vederlo così preoccupato.

In realtà lo richiamò alla sua responsabilità di padre e gli raccomandò di contenere il fatto in una semplice avventura senza conseguenze. Lui poteva considerarsi un esempio in questo. Essendo un bell'uomo piaceva alle donne e si era tolto vari capricci. Tuttavia mai lo aveva sfiorato il pensiero di separarsi da sua moglie, mantenendosi fedele fino in fondo al legame coniugale. Almeno per lui quella era fedeltà.

Amerio invece non si accontentava di esperienze superficiali, stava veramente perdendo la testa. E in quel caos di emozioni tornò a casa. Era finalmente arrivato il gran giorno. Prenotata la camera in un Hotel di Bergamo alta, due giorni liberi per un inesistente convegno di lavoro, si trovarono alla stazione delle autocorriere di Bergamo.

Si avviarono verso l'albergo dove Sara entrò con un fiore in bocca, causando grande imbarazzo in Amerio, e dove poterono anche cenare ed ebbero finalmente la loro prima notte.

Per lui quella avrebbe dovuto essere la medicina capace di guarirgli l'anima dopo la prima notte di nozze annegata in un mare di difficoltà. Riuscì a essere per lei un amante perfetto. Finalmente una donna che non esitava a vivere la sua esperienza d'amore completamente nuda, con un partner altrettanto nudo. I brividi che provava erano assolutamente inediti, mai aveva provato nulla di simile.

Dopo averla penetrata una prima volta, e lei gemeva e si tendeva come un arco, riprese a carezzarla e a baciarla, fin che il desiderio riemerse e tutto si ripeté ancora più intensamente. Non aveva mai ripetuto l'atto più di due volte, ma con Sara, dopo averle annusato la pelle in tutto il corpo, dopo averla baciata, dopo averle ripetuto tutte le parole assurde che possono affiorare alle labbra in queste occasioni, mentre affondava la bocca nel suo corpo, avvertiva un aroma particolare, indefinibile che gli erigeva il sesso come la Statua della Libertà e lo portava a copulare ancora.

Alla fine lei disse con un filo di voce: -Basta, dormiamo un po'.- Era quasi mattina.

Amerio ricordava la sensazione che aveva dopo essersi alzato, gli sembrava di camminare sulle nuvole. Si domandava ancora come poteva aver avuto una tale eccezionale esperienza che non si sarebbe mai ripetuta, e di cui comunque non si sarebbe vantato con nessuno, perché ormai Sara non era qualcosa di passeggero, ma faceva parte della sua stessa vita, e gli aveva dato tutto quel che gli mancava.

Pensava che dopo quel paradiso avrebbe potuto morire, perché aveva provato nella vita tutto quel che c'era da provare. Qualche volta Adelina si fermava qualche giorno a Verona dalla madre.

Questo facilitava molto le cose per i due amanti, pur escludendo la possibilità d'incontrarsi in casa, dove sarebbero stati visti dagli zii di Adelina, così andarono avanti per qualche mese passando alcune notti in quell'albergo dove si respirava un'atmosfera molto romantica e una fontana nel vicino piazzale, creava una musica di acque mosse, un dolce rumore di pioggia nell'erba che dava l'illusione di un rifugio celeste.

Le telefonate si erano fatte più rare per evitare imbarazzi in ufficio, ma in compenso Amerio riceveva lunghe e belle lettere fermo in posta e altrettante ne scriveva. Un giorno Adelina gli disse che lo zio le aveva detto di averlo visto in atteggiamento intimo con una donna, ma che non sapeva chi fosse. Passando in macchina l'aveva riconosciuto seduto su una panchina.

Amerio negava, diceva che certo si era sbagliato e che non era lui. Nel frattempo cominciava a fantasticare che per Sara avrebbe potuto lasciare Adelina. L'idea, prima esclusa con tanta decisione, gli diventava sempre più familiare. Sara non voleva questo, diceva che le bastava un suo pezzettino e che il resto lo lasciava ad Adelina.

Amerio non riusciva a condurre questa doppia vita, non gli era congeniale. Sentiva un gran bisogno di parlare con Adelina. Pensava che se le avesse parlato avrebbe potuto capire con più chiarezza quel che voleva fare. E un giorno si decise. Poiché Sara non voleva fare passi decisivi e lui non sopportava di avere una doppia faccia, raccolse tutte le sue forze. Si sedettero a tavola davanti a una tazzina di caffè e Amerio le disse: Tuo zio aveva ragione, c'è un'altra donna. Davanti alle insistenze di lei scoppiò a piangere e pronunciò lentamente il nome... *S a r a !*

Gli sembrò che la voce che pronunciava quel nome venisse da un altro mondo. Adelina si era irrigidita e sbiancata in volto.

-Cosa? La mia più cara amica? E' così che ha ricambiato la mia ospitalità? Ma gliela farò vedere io, quando lo saprà suo zio! –

Amerio comunque, perché la perdita non fosse irrimediabile, giurò che non c'era stato niente fra di loro, e che avevano solo flirtato. Sara conobbe l'accaduto da Amerio e restò sconcertata. I suoi parenti cominciarono a scagliarsi contro di lei e a renderle la vita difficile.

Non capiva come Amerio potesse aver fatto il suo nome

dopo tanta attenzione a che nulla trapelasse. Lui tutte le volte che s'incontrava con Sara aveva paura di perdere Adelina, la quale in effetti era uscita vincitrice dal confronto.

Le figlie avevano avuto una parte importante nella decisione. In fondo ora Amerio si rendeva conto che nel momento in cui aveva fatto quel nome aveva fatto una scelta precisa. Si ricordava di quella volta che essendo fuori con Sara, aveva inventato mille scuse per giustificare il fatto che non poteva tornare a casa. Non poteva, perché, in effetti, c'era una nebbia che rendeva impossibile circolare in macchina, ma sua moglie non sapeva che fosse così lontano da casa e perché lo era.

Margherita aveva la febbre alta e lui era là a cercare un po' di piacere. Quella notte non era riuscito neanche a fare l'amore. Era troppo teso e preoccupato.

Sara non capiva tutte queste problematiche. Per lei si poteva andare avanti come prima. Comunque si rividero. Amerio le disse che l'amava infinitamente e l'avrebbe amata sempre. Lei gli mostrò la lettera minacciosa che aveva ricevuto dallo zio, piansero entrambi. Poi si promisero di vedersi ancora di tanto in tanto, ma solo per parlarsi e riconoscersi e morire di nostalgia.

S'incontrarono ancora per qualche mese una mezz'ora ogni quindici giorni, mentre lui andava a lezione di oboe, il che era la sua ultima follia.

Si scambiarono ancora delle lettere, poi incominciò un grande silenzio, e lui si accontentò di serbare quel grande ricordo nel cuore, e di idealizzarlo come la più grande e bella esperienza d'amore della sua vita, e visse lunghi anni fedelissimo ad Adelina, ma in realtà fedele a quel sublime ricordo d'amore.

Capitolo 7

Quante sono le sofferenze che la vita ci infligge e quante quelle che ci andiamo a cercare?

A volte sembra che queste siano molto più di quelle. E sono le più pesanti. La vita offre tantissime possibilità ed è proprio quando ne vediamo una sola, ossessivamente abbarbicati a quella come fosse l'unica per noi, che rinunciamo a vivere e rendiamo inutile il nostro percorso sulla terra.

Ora capivo che in quei tristi giorni del suicidio la mia vita s'identificava con una famiglia numerosa e al centro il mio uomo innamorato e appagato dalla mia presenza. Il mio problema con lui non era stato quello della sua infedeltà, ma il fatto che evidentemente non ero stata in grado di dargli quello che gli serviva per vivere e per superare l'alcolismo. Dov'era tutto l'amore che credevo di dargli se poi un'altra sarebbe riuscita dove io con tutta me stessa e tutte le mie presunte qualità non riuscivo? Avevo rischiato di rimanere uccisa dalla mia codipendenza. Che era anche dipendenza da un mio schema mentale prestabilito, che non voleva abbandonarmi.

E ora la vita era nuovamente a mia disposizione per ritentare la fortuna. Avevo questo in comune con Amerio. Una libertà che non avevo cercato e che si beffava di me. Ormai da tre anni facevo una vita quasi monacale, la sfiducia era maggiore della voglia di ricominciare.

La ripresa della vita familiare fu molto difficile per Amerio. La vita familiare era come un puzzle portato a metà e un colpo di vento aveva rimesso tutto in disordine, bisognava ricominciare da zero. Adelina non chiese più tanto spesso di passare il fine settimana a Verona, però richiedeva più presenza da parte di Amerio. Un po' di sospetto si era inserito nella sua mente, dopo tanta sovrabbondanza di fiducia. E lui, quando non era impegnato con il lavoro, era sempre presente, le aveva promesso che mai più sarebbe accaduto nulla di simile a quel che aveva turbato la loro vita matrimoniale. Piangendo le chiedeva di perdonarlo e che le avrebbe voluto sempre tanto bene.

Il sabato andavano insieme a fare la spesa per la settimana, e la domenica fuori Milano con le bambine perché respirassero un po' d'aria pulita. Avere rapporti sessuali era diventato difficile per Amerio, che era rapito dai ricordi di Sara, mentre Adelina non era affatto cambiata da quel lato. Sempre abbastanza distratta, pudore esagerato, luce spenta perché tutto avvenisse al buio, e nonostante qualche pubblicazione che teorizzava sulle tecniche del preludio e del postludio e che cercava di mostrarle, la strada dell'erotismo era molto difficile e impervia. Dopo un'infanzia passata senza aver mai affrontato quegli argomenti con la madre, Adelina sembrava del tutto refrattaria a una vita di relazione calda, per cui la sua inibizione si estendeva anche alle semplici manifestazioni di affetto.

Così Amerio, avendo promesso solennemente anche a se stesso fedeltà integrale, sentiva che doveva superare le sue esigenze di tenerezze e di amore completo con qualcosa che lo distogliesse da esse, un rinnovato interesse per il lavoro, lo studio, degli hobbies, relegando la sfera del sesso alla "sedatio concupiscentiae" e al concepimento dei figli.

La sera passava un paio d'ore a suonare l'oboe, e il maestro, che insegnava al conservatorio e suonava nell'orchestra della Rai, era entusiasta di lui, e diceva che nonostante l'età, poteva avere un avvenire nel campo musicale. Quando dopo un anno maturò il tempo per esercitarsi su uno strumento migliore, che sarebbe stato troppo costoso per il bilancio familiare, decise improvvisamente di lasciare musica e insegnante.

Cominciò a pensare e a condividere con Adelina il pensiero di un nuovo figlio.

Non che non avessero già abbastanza da fare con quelli che avevano, ma entrambi credevano d'intuire che un nuovo lieto evento avrebbe potuto tappare le falle che erano rimaste aperte nella navicella familiare.

In realtà ancora al punto in cui mi raccontava le sue vicende, non si rendeva conto del fatto che Sara non era stata l'unica causa del tracollo, e che anzi la responsabilità di tutto andava divisa per tre. Avere un altro figlio appariva una grande prova di buona volontà da ambo le parti. Avrebbe poi scritto a Sara, comunicandole che stava attendendo un figlio, senza ottenere più alcuna risposta, così quella fu l'ultima lettera. In fondo una liberazione, poiché un sottile senso di colpa s'insinuava sempre più nel suo animo.

Vedeva in Adelina una creatura buona, pacifica, servizievole, che non avrebbe meritato di essere messa in disparte, neanche per poco, a causa di una passione sconvolgente che aveva fatto emergere istinti che considerava bassi e peccaminosi. E si combatteva fra il ricordo di quei momenti irrepetibili di felicità che gli aveva dato Sara e la realtà del quotidiano che nonostante una routine di difficoltà e di legami familiari era qualcosa di pulito e benedetto da Dio.

Ogni giorno rinforzava i propositi di non ricadere mai più in una situazione d'infedeltà coniugale, propositi che sembravano facilitati dal fatto che sicuramente non avrebbe mai più trovato un'altra Sara, capace di sedurlo lasciandogli credere di essere il protagonista di un grande gesto di libertà.

Comunque questa vicenda non sarebbe stata dimenticata né superata dagli eventi successivi, in un certo qual modo avrebbe condizionato molto del futuro che si andava profilando all'orizzonte.

Adelina sembrava aver completamente cancellato tutto e mai di sua iniziativa avrebbe non solo rinfacciato, ma neanche fatto riemergere in qualunque modo, quei ricordi dolorosi e inverosimili che avrebbero dovuto scalfire l'immagine positiva che aveva di Amerio.

Molti colleghi di Amerio erano iscritti all'Università Cattolica del Sacro Cuore dove i corsi di Economia e Commercio si tenevano di sera, proprio per favorire gli studenti lavoratori che intendevano proseguire gli studi.

In settembre Amerio decise di imitare quei colleghi, nella speranza di acquisire maggiore considerazione nell'ambito lavorativo e di proseguire quell'iter di studi che gli era stato negato dalle vicende passate, bloccato anche dal fatto che non c'era possibilità di scelta.

Un ragioniere poteva accedere unicamente a Economia e Commercio o Statistica. Comunque, aveva pensato, ci provo. Per molti mesi la sera appena usciva dal lavoro andava all'Università a seguire i corsi. Spesso lo accompagnava una collega che era passata da Olbia a Milano e viveva presso il fratello che l'aveva aiutata per i primi passi di ambientamento. Aveva già sostenuto gli esami del primo anno ed era molto versata nello studio.

Piccolina, rotondetta, bionda ossigenata, Amerio si trovava bene con lei, la sentiva una buona amica e le aveva raccontato molte cose della sua vita. Con Annalisa sperimentava la gioia di un'amicizia serena e diceva a se stesso che non poteva rinunciare anche alle semplici amicizie e che certamente quelle non rappresentavano alcuna trasgressione nei confronti del vincolo coniugale.

In realtà a volte gli mancava il dialogo con una persona che avesse voglia di ragionare con lui e di là da sua moglie, di là da quella che era stata la sua amante per pochi mesi, che certo non brillava per alcun aspetto culturale, pensava che nelle amicizie avrebbe potuto trovare quello scambio di pensieri e di sentimenti che gli mancava.

Odiava tutti i corsi di Economia e Commercio, tranne Sociologia, di cui non perdeva una sola lezione affascinato dalla voce armoniosa del Prof. Alberoni, capace di mantenere vigile l'attenzione del suo auditorio, grazie a una profondità di concetti e a una conoscenza dei problemi sociali ammirevoli. Come prima cosa avrebbe dovuto presentare l'esame di morale cattolica. Ce n'erano quattro, uno per ogni anno. Questo gli sembrava un legame fastidioso, era la contropartita al vantaggio dei corsi serali, l'impegno a vivere la futura professione all'ombra di S.Madre Chiesa.

Amerio cominciava a sentire un disagio nel proprio sentimento cattolico, qualcosa si stava sgretolando nell'ambito stesso della compagine cattolica e altrettanto nel suo cuore.

I fatti dell'Isolotto di Don Mazzi, il Concilio da alcuni ritenuto una grande benedizione, da altri un ostacolo posto dalla provvidenza per temprare la fede dei più integralisti cattolici, l'esistenza stessa del papa Buono che aveva messo scompiglio in tutti i luoghi comuni dell'epoca, creavano delle contraddizioni di difficile soluzione.

Dopo la sua morte, più che mettere in pratica tutte le sue meravigliose e cristiane intuizioni, si cercava di rimettere insieme i pezzi di un ordine antico, senza poter trascurare l'onda di grande vitalità da lui lasciata. Certo la Chiesa non poteva contraddire se stessa!

Così molti punti interrogativi si erano aperti nella stessa coscienza cattolica di Amerio, e invece che risolverli trovava più comodo lasciarli da parte affinché le cose si chiarissero, mentre lui si occupava d'altro.

Verso la fine del primo anno di Università, il fratello di Annalisa la incontrò mentre passeggiava con Amerio e le proibì di vederlo ulteriormente, poiché si trattava di un uomo sposato, e lei avrebbe dovuto sposarsi con un conterraneo che l'attendeva a Olbia.

In seguito Amerio ebbe uno scontro verbale con il suo capo dal momento che non gli era ancora riconosciuta la qualifica di capoufficio, e diede le dimissioni, preferendo inserirsi in una piccola industria meccanica a Paderno Dugnano, con uno stipendio notevolmente maggiore, con incarico di responsabile amministrativo e un inquadramento di tipo dirigenziale.

Decisero che dopo la nascita del terzo figlio avrebbero cambiato casa, ormai gli spazi sarebbero stati troppo ristretti per una famiglia di cinque persone, c'era bisogno di aria pulita e luce perché tutti questi marmocchietti potessero crescere meglio.

La pancia di Adelina aveva raggiunto dimensioni notevoli, l'esserino che aveva deciso di farsi strada nel mondo, tirava calci molto vigorosi, mettendo alla prova la resistenza fisica della mamma, come se non bastassero le cure di cui avevano bisogno Margherita e Smeralda, tutto il giorno attaccate alle sue gonne.

A volte Margherita voleva essere messa nel recinto con i giochi assieme alla sorellina e allora stavano buone a giocare insieme.

Giocavano a "fare finta".

-...Allora io faccio finta di essere la nonna, tu fai finta di essere la mamma-

E inventavano le situazioni più tragicomiche ridendo sguaiatamente. Nel frattempo Adelina preparava i pasti, puliva, riordinava. La casa era importantissima per lei, tutto doveva essere in ordine e tutto perfettamente pulito e lucido.

Quando Amerio tornava a casa, trovava già le bambine addormentate, la cena pronta e cominciava a parlarle della giornata e di com'erano andate le cose nel lavoro e di quel che sperava di ottenere. Adelina ascoltava e faceva poche rare battute. Non c'era un'interazione profonda. Tutto sembrava che si svolgesse sul piano di una vita superficiale, simile a tante altre che erano vissute a Milano.

Vivevano il loro rapporto in modo individualistico, senza alcuna relazione che desse un confronto vitale al loro modo di essere.

Conoscevano parecchie persone, ma con nessuno c'era amicizia vera, sembrava che l'amicizia là dovesse avere sempre un sottofondo d'interessi o di affari o di ostentazione, per cui né l'uno né l'altro trovavano persone simili a loro, con cui condividere qualche ora di allegria.

Per seguire l'andamento della gravidanza si erano rivolti allo stesso ostetrico che aveva assistito la nascita di Smeralda, stessa clinica dalle regole ferree.

La sera in cui Amerio l'aveva accompagnata, il parto sembrava imminente, ma le infermiere inflessibili gli avevano consegnato tutti gli indumenti della moglie e l'avevano spedito a casa senza tanti complimenti. Aveva passato tutta la notte da suo cugino, per essere vicino alla clinica nel momento in cui avrebbero telefonato informandolo dell'avvenuta nascita. Il mattino giunse la telefonata: era andato tutto bene ed era nato un bel maschietto. Mentre guidava l'auto non vedeva più la strada a causa del viso inondato di lacrime, mentre piangeva e rideva urlando: un maschio! Un maschio!

Era felice perché in qualche momento gli era venuta la sciocca idea che lui stesso non era abbastanza maschio, se fosse riuscito a procreare solo figlie femmine. Comunque sia, quando lo vide attraverso l'oblò, gli sembrava già cresciuto, con delle mani enormi e una grande testa piena di capelli.

Quando tutti si ritrovarono nella loro nuova casa presa in affitto qualche mese prima a pochi chilometri da Milano, la vita riprese regolarmente. Le bambine avevano solidarizzato fra di loro e vivevano sempre l'una all'ombra dell'altra. Volevano fare tutto insieme come delle gemelle, vestire con gli stessi colori e le stesse stoffe che Adelina modellava e cuciva pazientemente mentre guardava la televisione finalmente acquistata e posizionata in un angolo strategico del soggiorno.

Adelina non aveva molti problemi nei riguardi della Chiesa, ma, di fatto, viveva come una santa. I suoi figli erano il fondamento della sua vita e li raccomandava a Santa Rita da Cascia che considerava la sua santa protettrice. Con il nuovo lavoro Amerio non avrebbe certo avuto il tempo di frequentare l'università serale, faceva sempre molto tardi. La ditta era contigua a un capannone dove lavoravano una ventina di operai. L'ingegnere che stava alla testa dell'attività era direttore generale e rispondeva a un lontano amministratore delegato residente a Stoccolma.

L'Ing.Gradisca era coinvolto in una relazione amorosa con un'operaia che poco per volta aveva fatto assumere due fratelli e una zia. Questi facevano il bello e cattivo tempo e avevano un trattamento economico superiore agli altri, che pure lavoravano allo stesso modo e certo con meno assenze.

L'ambiente era molto arroventato e quando arrivò l'autunno caldo del '67 Amerio avrebbe avuto le sue belle difficoltà. Questo sarebbe avvenuto più avanti. La sera Adelina cuciva o lavorava a maglia e guardava la televisione, cosa che Amerio non riusciva a condividere in quanto, una volta ascoltate le notizie, preferiva dedicarsi a qualche suo hobby. Amava leggere le opere dei filosofi direttamente senza passare attraverso i commenti degli storici della filosofia.

La successione era casuale: Hegel, Eraclito, Nietzsche, Marx, Shopenauer. A volte mi dava frammenti di scritti che aveva conservato e che nel corso degli anni accompagnavano il suo cammino. Ecco uno di quei frammenti dove parafrasava il pensiero di Nietzsche e lo univa al proprio sentire. Quella che segue è una ridefinizione del peccato, è un rifiuto di un falso cristianesimo che sarebbe stato distruttivo nei confronti dell'umanità:

E' giunta l'ora di comprendere che bisogna spezzare anche quest'ultimo filo che lega la società di oggi al cristianesimo. Avere il coraggio di declassare tutto il cristianesimo perché fondato sul soprannaturale.

Perché questo stillicidio di rottura fra l'uomo e la natura sembrava ideale, mentre ora lo si vede per quello che è: un grande suicidio.

La natura ha bisogno di essere guidata e non disprezzata. Il gruppo umano dovrà essere il cervello della natura per una natura non violentata, ma compresa.

Il gruppo umano dovrà imparare ad assegnarsi una nuova etica condivisa basata sulla civile convivenza planetaria. Una nuova pedagogia anticristiana dovrà educare al rispetto di sé e degli altri. Il rispetto degli altri come presupposto di espansione. E l'espansione del gruppo quale presupposto di potenza avvenire, potenza creativa, naturalmente!

Non più morale assoluta, bensì una morale relativa interpretativa dei propri tempi, funzione della volontà di potenza di tutto il gruppo umano. Questa nuova morale anticristiana dovrebbe essere basata sul buon senso. Sull'istinto di conservazione. Sulla paura anche se necessario: paura di una terra isterilita, offesa, distrutta dalle guerre e dal parassitismo industriale. Paura della nostra fine cosmica di cui Cristo non si rende più responsabile, perché Cristo non paga nulla oltre la croce. "Ama il prossimo tuo come te stesso"!

E chi sa più amare SE STESSO? Questa è la mia angoscia. Il cristianesimo ha scavato una crisi nell'amore di sé e della natura di cui siamo parte, e ora che si arriva alla rottura, ora che si crede poco o niente, perché vi è una netta divisione fra ritualità e fede, anche se si disprezza o s'ignora il cristianesimo, c'è rimasto dentro qualcosa che è peggiore del vecchio peccato originale, peggio perché non si cancella con un battesimo: questo disinteresse per la nostra stessa umanità...

Amerio mi aveva lasciato molti di questi scritti che erano sue riflessioni e a volte anche considerazioni sulle opere dei filosofi che leggeva. Un aspetto che a lui sembrava veramente importante era quello delle scelte. Egli si era convinto che gran parte delle scelte siano fatte con la falsa consapevolezza che appartengano a noi, in realtà sono scelte condizionate da fattori esterni e quindi non sono scelte autentiche.

I condizionamenti li vedeva nell'educazione data dai genitori, nell'esempio dato da loro e da altre persone autorevoli, nelle direttive degli insegnanti, nei meandri dei mezzi d'informazione che pretendevano di formare informando, nella pubblicità e nelle mode, e non ultimi nelle forme di persuasione occulte che venivano dagli insegnamenti degli ecclesiastici.

Si rendeva conto che i filosofi che leggeva erano proprio quelli che il suo professore di religione ai tempi dell'Istituto Tecnico aveva indicato come proibiti, sia perché all'indice, sia perché la tradizione cattolica sosteneva il principio che la filosofia è ancella della teologia, e quindi gli unici filosofi consentiti erano Aristotele e Tommaso d'Aquino come base, e poi quei pochi cui le autorità ecclesiastiche davano il loro imprimatur.

Amerio, pur costatando che molti vecchi principi della Chiesa cominciavano a sfaldarsi creando a volte delle divisioni interne, non poteva fare a meno di costatare che quei condizionamenti continuavano a far gioco su molte persone.

Insomma non gli piaceva un mondo di robots, e avrebbe voluto liberare tutti, cominciando da se stesso.

Io non mi ero mai posta questo genere di problemi, anche perché essendo di estrazione socialista e avendo militato nel partito comunista, il fatto che la Chiesa ponesse certe regole non mi intaccava, come non mi aveva intaccato la conferma della scomunica dei comunisti nel '59, come non mi commuovevano i passi che si facevano per mettere in pratica le conclusioni del Concilio.

Proprio negli anni '60 la Messa in latino era stata sostituita dalla Messa nella lingua del popolo, ma non vedevo in questo niente che potesse andare incontro ai veri bisogni della povera gente. Non trovavo comunque fuori luogo il fatto che molte scelte sono condizionate. Lo vedevo anche nel campo della moda. L'aver trovato un modo standardizzato di abbigliarsi, che rendesse tutti simili, in realtà tendeva a trasformare i giovani in fantocci che, con l'idea di rendersi uguali nel look, facevano in realtà il gioco di chi generava un mercato estremamente ampio, quello che riguardava i giovani, per cui ogni nuova variante introdotta si traduceva in una grande richiesta del mercato che portava fortissimi utili alle vecchie volpi.

Per me un condizionamento poteva essere il materialismo o l'ateismo. In realtà non era così, perché l'ateismo si riferiva più che altro al potere della Chiesa, e il materialismo era spesso sostituito con uno spiritualismo di tipo orientale, molto più consono ai nuovi tempi, che fra noi, specialmente compagne, era già coltivato molto tempo prima che la New Age imperversasse con i suoi canoni orientaleggianti.

Amerio con molta circospezione aveva affrontato lui stesso quei temi.

La Bhagavad Gita, Raya Yoga, Hata Yoga, la guarigione psichica, la pranoterapia e per qualche tempo anche la magia, l'astrologia e i tarocchi lo avevano intrigato abbastanza.

Sto parlando dell'avvicendarsi dei suoi interessi che si erano prolungati fino al settantadue, anno d'imprevedibili cambiamenti ideologici.

In particolare dai libri di magia aveva appreso delle tecniche occulte capaci di influire sul pensiero di altre persone e aveva provato a metterle in pratica con risultati piuttosto impressionanti. Aveva imparato a rendersi invisibile con delle strane formule e un giorno, in ritardo sul lavoro, si rese invisibile alla "receptionist" che registrava l'ora di arrivo. In fondo non è che credesse al 100% al successo dell'operazione!

Quale non fu il suo stupore quando uscendo dal suo ufficio l'impiegata lo vide e gli disse:

-Rag. Foglia, da dove viene lei? Giuro che non l'ho vista arrivare.-

In quel periodo, che era durato circa un anno, aveva insegnato anche ad Adelina alcune tecniche divinatorie e facevano insieme la gettata dei punti geomantica per avere risposta a quesiti che riguardavano la loro vita e in particolare la vita lavorativa di Amerio.

Inoltre aveva insegnato ad Adelina la pranoterapia, e lei sapeva applicarla efficacemente alle bambine che, quando avevano qualche piccola ferita o dolore, chiedevano:

-Mamma, fammi le ombre!-

Amerio nel suo nuovo lavoro non poteva sfuggire al fatto di essere il bieco simbolo del potere patronale. Così lo vedevano gli operai della fabbrica, convinti anche che egli coprisse la piccante situazione amorosa dell'Ing. Gradisca.

Così viveva questa divisione assurda fra il suo ruolo e ciò che veramente sentiva di essere in se stesso. Un giorno particolarmente arroventato di quella stagione che passò alla storia come autunno caldo, un operaio redarguito dalla sua voce squillante, lo prese a pugni. Amerio si ritrovò seduto su un mucchio di tubi, col naso sanguinante, circondato dal personale che osservava in silenzio, mentre un'impiegata gli porgeva pietosamente gli occhiali contorti e con una lente rotta.

Ci sarebbe stata poi una riunione sindacale che avrebbe ricostruito la verità dei fatti, e avrebbe deciso eventuali sanzioni.

Nel corso della riunione Amerio fu accusato di comportamento aggressivo verso gli operai, mentre l'aggressore risultava essere un povero operaio che si era difeso come poteva, impaurito dalla forza brutale del responsabile del personale.

Amerio non volle neanche far notare l'esilità delle sue braccia a confronto del fisico massiccio dell'operaio che aveva preso l'iniziativa.

In fondo era completamente dalla loro parte, anche se non

poteva darlo a vedere, per cui accettò la punizione simbolica di due ore di trattenuta sullo stipendio, senza alcuna rabbia o difficoltà di alcun genere. Poi divenne amico di quel ragazzo che veniva dalla Toscana e a modo suo preparava i cambiamenti del '68.

Nel frattempo si parlava sempre di più delle tangenti di cui fruiva il direttore per tutti i lavori di ampliamento, oltre che per l'acquisto delle materie prime, così quando cominciò ad affiorare nella contabilità qualche magagna da occultare Amerio cominciò a preoccuparsi di poter essere coinvolto in qualcosa d'illecito.

Un giovane impiegato in particolare era particolarmente attento a tutto ciò che avveniva internamente e di tutto ciò che si diceva all'esterno.

Così un giorno scrissero una lettera a Stoccolma dove si esprimevano dubbi e certezze. Quell'impiegato subì immediatamente delle minacce piuttosto gravi dagli amici dell'ingegnere e da un giorno all'altro sparì e non se ne seppe più nulla.

All'Ing. Gradisca fu tolta la firma di procura e gli fu dato il tempo per trovare un altro posto di lavoro, Amerio ebbe la procura congiunta con un personaggio svedese, e cominciò a vivere il più difficile periodo della sua vita.

L'ingegnere lo tormentava continuamente con richieste illegali, e nessuno si preoccupava di dargli protezione.

Le persecuzioni si estendevano alla "privacy" familiare e Adelina cominciava a non poterne più delle minacciose incursioni notturne che il Gradisca faceva con la sua amante con evidente scopo intimidatorio. Dopo l'insediamento di un nuovo direttore generale che voleva continuamente porre dubbi sui comportamenti amministrativi di Amerio, questi un giorno s'infuriò e diede le dimissioni immediate, fiducioso di poter trovare un altro lavoro più tranquillo e meglio rimunerato di quello. La scelta cadde su una ditta di Pordenone, che comportò l'allontanamento dall'ospitale città di Milano e l'inserimento in una realtà molto chiusa dove persino Adelina era considerata "foresta" pur essendo veneta.

Passarono così tre anni di relativa quiete dopo tutti quegli anni passati in un'agitazione continua. Adelina passava molto tempo da sola. Amerio aveva finalmente una stanza studio tutta per sé, dove passava le ore della sera spesso fino all'una di notte, leggendo, scrivendo, facendo divinazioni, interrogandosi su un futuro che non prendeva mai forma, essendo tutto avvolto da una specie di nebbia irreale.

Sara era un lontano ricordo, la sua funzione era di allontanare qualunque nuova illusione, anche se, in effetti, le occasioni non mancavano.

Fra i dodici impiegati dell'ufficio di cui era capocontabile, c'era una ragazza particolarmente gentile con Amerio.

Il suo nome era Gelmina. Sembrava mollemente disposta a tutto. Quando le parlava, lei lo ascoltava con sguardo incantato e si perdeva nel suono della sua voce, per cui non capiva mai il senso delle istruzioni che le dava.

L'ufficio era disposto come una classe in cui dalla cattedra si poteva osservare l'operare delle persone. Le scrivanie erano aperte sul davanti per cui normalmente le gonne delle ragazze si sollevavano e lasciavano intravedere un po' le gambe.

Quale non fu la sorpresa di Amerio un giorno che osservando le gambe di Gelmina vide che queste si aprivano ritmicamente e lasciavano intravedere un pube perfettamente depilato che nei momenti di apertura schiudevano i petali di un bel fiore!

Amerio, preoccupatissimo della cosa, ne parlò con il suo capo, e immediatamente fecero montare delle coperture alle scrivanie che rendessero vane quelle manovre di adescamento. Da quel giorno spesso gli impiegati trovarono la posizione dei loro posti di lavoro sconvolti, perché questo era un modo di far capire chi è che aveva in mano il potere.

Dopo due anni di sopravvivenza in quello strano mondo Amerio cominciò a pentirsi. Si pentiva di essersi allontanato dalla religione cattolica, si pentiva di essere stato un marito infedele, si pentiva di aver negato di fatto ad Adelina quella crescita intellettuale che pure si era ripromesso di darle, molto tempo prima.

Si pentiva dei suoi stessi pensieri e di molti suoi scritti che preferì distruggere. Cominciò a sembrargli che la Chiesa lo chiamasse, che la Chiesa aveva proprio bisogno di persone come lui che facessero riemergere i significati più profondi della mistica cristiana e facessero finalmente capire al mondo che gli errori della Chiesa erano sempre stati e continuavano a essere la tentazione politica di essere il Potere dei poteri, e di guidare i popoli imponendo per legge la morale cristiana.

Quindi non era necessario combattere la Chiesa, era sufficiente rinnovare dall'interno le attese della gente, applicare le sante aspirazioni scaturite dalla presenza di Giovanni XXIII e dal Concilio, predicare il Vangelo così come aveva fatto S. Francesco, e diffondere l'amore per Gesù e la Madonna in modo autentico, personale e non più soltanto ritualistico.

Aveva eliminato tutti gli strumenti della magia, aveva acquistato un inginocchiatoio per piangere, pregare e pentirsi di ogni peccato, dai più grossi ai più piccoli, alimentando in sé una sensazione di indegnità e di colpevolezza che lo facessero indietreggiare davanti all'immagine giudicante di Dio Onnipotente.

Cominciò ad approfondire il significato del matrimonio nell'insegnamento cattolico, immagine indissolubile dell'unione di Cristo e della sua Chiesa.

Si pentì di aver votato sì al referendum per il divorzio, e cercò di trasformare il suo matrimonio in quell'immagine sacra che veniva proposta dal Sacramento.

Anche in quest'occasione la vera identità di Adelina non veniva presa in considerazione, lei doveva incarnare la Sposa, punto.

Adelina assisteva a questi mutamenti ormai rassegnata al fatto che il marito presentava molte sfaccettature e che comunque tutto questo lavorio cerebrale non poteva mutare la sua vita più di tanto, le sue incombenze rimanevano sempre le stesse.

Non si sentiva comunque di riprendere l'abitudine di andare a Messa la domenica. Le sue devozioni rimanevano sempre a un livello privato, particolarmente dedicate a S.Rita e S. Francesco.

Amerio la iscrisse a una scuola per recuperare i tre anni di scuola media in un solo anno. La sera usciva per frequentarla, preparava diligentemente i compiti, stava andando molto bene, Amerio si stava veramente innamorando di lei, in un modo nuovo, forse non ancora sperimentato. Era un amore che nasceva dalla volontà, dalla preghiera, dalla lettura del Cantico dei Cantici.

Aveva concluso i suoi antichi interrogativi sulle scelte autentiche pensando che fare la volontà di Dio è la scelta veramente autentica, e nel suo caso la volontà di Dio era vivere il matrimonio cattolico in tutta la sua pienezza.

Al punto che Adelina rimase ancora incinta e la scuola fu interrotta bruscamente, giacché la data degli esami sarebbe coincisa con la data del parto...

Un giorno lesse un articolo sul gazzettino. Era entrata in vigore la disposizione ecclesiastica che dopo secoli ripristinava il diaconato per i laici sposati. Questa era l'esecuzione di un'istanza del concilio e per Amerio fu una rivelazione.

Improvvisamente capì che quella era la sua strada, avrebbe vissuto il matrimonio e contemporaneamente sarebbe stato parte attiva nel clero. Non sarebbe stato un apostolato per i laici, che spesso si risolveva in una partecipazione alla politica nazionale, ma una partecipazione nell'amministrare i sacramenti e nel predicare la bibbia e insegnare il catechismo.

Era necessario frequentare una scuola di teologia per laici che avrebbe avuto la durata di tre anni, e poi sarebbe stato possibile ricevere dal vescovo i vari gradi gerarchici del percorso sacerdotale fino al diaconato.

Avrebbe poi potuto partecipare attivamente alla Messa, porgere l'eucaristia o portarla al domicilio dei vecchi e malati, dare l'estrema unzione, battezzare, insomma tutto quel che fanno i preti, con esclusione della celebrazione eucaristica e della confessione.

La famiglia, e in particolare la sposa, avrebbero dovuto partecipare attivamente e testimoniare una solida fede cristiana.

Amerio vedeva questa possibilità come un grande avvenimento nella Chiesa. Le vocazioni sarebbero rifiorite, e forse si sarebbe aperto uno spiraglio alla possibilità di avere dei preti sposati, poiché molti pensavano che questo avrebbe fatto risalire la china delle vocazioni che era sempre in discesa.

Amerio invitò Adelina a fare una passeggiata nelle vie di

Pordenone e con grande trepidazione le confidò il suo piano e le chiese di accettare questa possibilità come una pietra miliare nel cammino del loro matrimonio.

Mentre tentava di spiegarle i suoi stratosferici pensieri, un piccolo cane nevrotico continuava a seguirli e ad abbaiare in modo stridulo, disturbando sgradevolmente il flusso della comunicazione.

Amerio pensò che fosse spinto da forze demoniache che si opponevano a quel piano di Luce Divina. Adelina rispose che non avrebbe avuto nulla in contrario, ma quel che più che altro temeva era la sua testa.

Troppi cambiamenti aveva visto e troppi repentini abbandoni.

Poteva quindi essere una grande fiammata d'entusiasmo soggetta a spegnersi quanto prima per improvvisi cambiamenti di rotta. Amerio si recò ben presto al Vescovado e chiese al Vescovo se poteva aspettarsi di avere una scuola di teologia come previsto dalle nuove norme.

Amerio gli raccontava tutti i suoi progetti mentre il Vescovo lo guardava come fosse stato un extraterrestre, poi gli disse che i tempi sarebbero stati molto lunghi, e sarebbe stato meglio intanto iscriversi all'Azione Cattolica in parrocchia.

Lui mise in pratica il consiglio in spirito di obbedienza e tutto si ridusse a un'ora settimanale di riunione con alcune persone anziane fra le quali si conversava essenzialmente di politica.

Amerio quando ne parlava a suo fratello che stava a Saronno, nel corso di qualche telefonata, la chiamava la sua ora di scristianizzazione.

Contava però sulla divina provvidenza che gli avrebbe aperto una strada per mettere in pratica il suo piano in modo che potesse entrare a far parte del clero.

Il quarto parto di Adelina fu il più tranquillo e Amerio, che si accingeva a diventare padre per la quarta volta, poté rimanere in sala d'attesa, dove non gli sarebbe stato consentito di vedere la nascita, ma per lo meno avrebbe potuto ascoltare il primo vagito del suo quarto figlio.

Era l'unico parto in quella clinica in quel giorno d'autunno e Amerio pregava la Madonna con fede che tutto andasse per il meglio e che Adelina non soffrisse troppo.

Di lì a poco poté vedere e prendere in braccio Armando. Era stupito per la sua bellezza, vedeva in lui le proprie più antiche radici che risalivano alla discesa dei normanni in Italia. La pelle rosa e i capelli biondi facevano già presagire una barba bionda e un portamento da guerriero barbaro.

Così sarebbe stato, ma per una specie di beffardo destino non avrebbe potuto seguirne la crescita che molto indirettamente. Un figlio senza padre e un padre senza un figlio, in cammino per vie diverse nel mondo…

Capitolo 8

Un giorno entrando in ufficio colse un'atmosfera particolare. Sembrava ci fosse una novità nell'aria che lui ignorava. Gelmina gli si avvicinò e gli disse:

-Sa ragioniere, è successo che il direttore generale non c'è più, è scappato con una grossa cifra e non si sa neanche dove sia.-

Amerio andò subito dal Controller, suo capo a chiedere se la notizia era fondata. Lo era.

In più erano in arrivo dagli Usa dei Controllori che avrebbero dovuto rivedere tutta la contabilità per scoprire eventuali irregolarità. Da lì a poco il suo capo venne sostituito da un controller americano e uno stuolo di revisori cominciò a tartassare di domande e richieste di documenti l'ufficio contabilità.

Sembrava volessero mettere alle corde Amerio, che in realtà cominciava a stancarsi e aveva cominciato a rispondere a qualche inserzione sul gazzettino. Un giorno il Controller americano lo chiamò nel suo ufficio, insieme con il capo dei revisori. Gli disse che avevano accertato che nessuna responsabilità poteva essergli attribuita, pertanto essendo l'unica persona italiana competente di quell'amministrazione, l'avrebbero mandato sei mesi negli U.S.A. per un periodo di tirocinio e sarebbe ritornato con la carica di dirigente e controller.

Amerio capì di essere a un bivio. Da un lato lo lusingava l'apprezzamento professionale e il riconoscimento della sua onestà. Lo lusingava la possibilità di conoscere da vicino la vita in America con una permanenza di sei mesi a Chicago e l'avanzamento di carriera indubbiamente allettante.

Dall'altro c'era la sua vocazione e la volontà di non lasciare sola Adelina tutti quei mesi, ora che la vedeva così bella chissà, avrebbe potuto rischiare di perderla. Già un amico vicino di casa aveva fatto dei complimenti a sua moglie in sua assenza, che potevano preludere ad altri fastidi. E' vero che Adelina gliene aveva subito parlato, ma con un'assenza così prolungata, chissà?

E poi era nato da poco il quarto figlio Armando. Come sarebbe potuto rimanere lontano da lui e dagli altri suoi figli così tanto tempo? Tutto sommato si risolse per il no e questo per gli americani suonò come una prova di stupidità imperdonabile, per cui cominciarono a dargli poco peso e prima di fare le valigie e andarsene assunsero un nuovo direttore generale, italo-americano.

Cominciarono a pervenire delle risposte alle domande d'impiego, in particolare una era molto interessante. Una Società di prodotti di largo consumo con stabilimento a Sommacampagna in provincia di Verona con casa madre italiana a Milano. Sembrava che la Divina Provvidenza avesse preso in mano la situazione di Amerio.

Infatti aveva appena scoperto che a Verona c'era una delle poche scuole di teologia per laici della durata di tre anni, la cui frequenza avrebbe potuto consentire l'ordinazione diaconale.

Tutto sembrava coincidere perfettamente. Adelina era felicissima di riavvicinarsi alla madre e tutto sarebbe stato più facile vivendo a Verona.

Il padre di Amerio vedeva con preoccupazione questi cambiamenti, tutto era ben lontano dal suo sogno di un impiego statale che desse una vera sicurezza a quel figlio avventuroso. Il ritorno a Verona non gli sembrava di buon auspicio. E il tempo gli avrebbe dato ragione.

Dopo il cambio di lavoro Amerio passò i primi quattro mesi a Milano e fu ospitato a Saronno da suo fratello che abitava là da qualche anno. Questi era abbastanza addentro in Comunione e Liberazione e settimanalmente si facevano delle riunioni molto diverse dalle tipiche riunioni cattoliche del passato.

La presenza discreta di un giovane prete non era vissuta come qualcosa di direttivo, ma come quella di un fratello che partecipasse la sua esperienza agli altri fratelli. Si faceva una confessione pubblica dove ognuno descriveva le proprie mancanza a tutti gli altri e l'ambiente comunque era l'abitazione di uno degli iscritti, per cui tutto si svolgeva fra poltrone e tappeti di un salotto di casa.

Si viveva un livello di spiritualità piuttosto elevato, si leggevano scritti di Don Giussani, che una domenica venne a Saronno a parlare in un teatro gremito di pubblico, e si escludeva che la politica potesse essere un obbiettivo di quella corrente.

Molti affermavano che se Comunione e Liberazione fosse diventato qualcosa di assomigliante a un partito politico se ne sarebbero andati.

L'idea che cominciava ad affermarsi era che i cattolici dovessero fare politica dall'interno di qualunque partito, senza cercare di viverne uno che fosse l'ombra della Chiesa.

Notavo che molte volte la Chiesa lascia crescere le nuove idee senza avversarle, purché siano abbastanza allineate, salvo poi ridefinirle all'interno di una disciplina più stretta.

Così sarebbe avvenuto molto tempo dopo per i Pentecostali o il Rinnovamento dello Spirito o chissà che altro ancora.

Di quel periodo "pieno di miracoli" Amerio ricordava un evento che lo aveva lasciato in pienezza di gioia, ma anche di punti interrogativi. Era stato con Adelina ad Assisi per un viaggio di ringraziamento verso S.Francesco. Era stato molto pesante il ritorno, per cui erano andati a letto stanchissimi.

Amerio mentre era abbracciato alla sua sposa che già dormiva, si cullava in pensieri divini, Dio era come un albero, le radici il Padre, il tronco e la linfa il Cristo, e tutti i piccoli rami lo Spirito Santo che alimentava i Santi con la Grazia.

A questo punto il pensiero divenne una visione, una gran quantità di volti di francescani pendevano come santini di carta colorata dai rami, e la mente di Amerio aveva acquistato una capacità di presenza particolare per cui commentava: queste immagini sono simboliche anche se sembrano vive. Poi avvertì la presenza di anime numerosissime che stavano in atteggiamento di attesa verso quella che sembrava una grande onda marina in arrivo. E sussurravano: ecco è Dio, è Dio! Una vibrazione si estendeva fra tutti loro e Amerio era fra loro e percepiva l'avvicinarsi di quest'onda d'Amore Divino. E capiva che nulla e nessuno avrebbe potuto vedere Dio, semplicemente era possibile avvertirne l'Energia.

Ormai tutto in quel luogo di visione era Energia e in un momento comprese tutti i misteri del corpo mistico e dell'unione fra anime che si identifica con l'Amore Dio. E mentre vedeva e sentiva e sperimentava tutto ciò, qualcosa in lui parlava e gli diceva:

-Questo potrai conservarlo nella memoria, quest'altro no perché non ci sono strumenti nel corpo capaci di trattenere questi ricordi. Ma saprai di aver visto e sperimentato e quindi la visione sostituirà in te la fede.-

Comunque non solo la visione gli rimase dentro, ma anche un'ineffabile felicità che poi avrebbe qualificato come un'estasi meravigliosa di cui non avrebbe potuto mai parlare con alcuno perché gli sembrava che nessuno gli avrebbe mai creduto.

A nessuno avrebbe potuto partecipare quella profondità di esperienza dove in pochi attimi gli pareva di aver appreso il contenuto di decine di libri di teologia. Ormai al momento del racconto parte della memoria si era persa, rimaneva un'aura di mistero e di gioia sperimentata come un dono, forse come sostegno per i tempi più grigi e tormentati che si sarebbero presentati nell'immediato futuro.

L'estasi si era conclusa con un ritorno dell'anima nel corpo attraverso il pollice destro, o almeno questa era stata la sua sensazione. Gli sembrò che il cuore riprendesse a battere con colpi profondi e che comunque il ritmo della sua vita avesse subito un immediato cambiamento. La presenza della sposa fra le sue braccia, il contatto con le lenzuola, la penombra della camera, tutto gli sembrava irreale.

Gli sembrava di aver lasciato poc'anzi la vera Realtà e che quella realtà che tornava a sperimentare era tutta paglia, illusione soggetta a estinguersi per cedere il posto alla Verità. Non parlò a nessuno di quella visione.

Il giorno in cui lo avrebbe fatto, quella condivisione sarebbe servita ad alimentare la convinzione della sua follia da parte di un prete suo amico. Ma questo è già futuro.

I parenti di Adelina si incaricarono di trovare un appartamento comodo, grande, vicino alle loro abitazioni, con molte stanze, sì che vi fosse spazio abbondante per tutti. Ebbe molti aiuti per ripulire e tappezzare l'appartamento, i cognati erano spesso in casa, così pure la mamma di Adelina e altre sue amiche.

Il parroco venne a benedire tutto quel che c'era da benedire e Amerio prese contatti con lui per l'insegnamento del catechismo.

Poi si presentò alla Scuola di Teologia per iscriversi al primo anno e iniziare l'iter che doveva condurlo al diaconato. I primi mesi del 75 erano passati facendo la spola fra Milano, Pordenone e Verona, era pochissimo a casa e Armando cresceva quasi all'insaputa del padre.

Amerio diceva che stava preparando il futuro e Adelina avrebbe dovuto accettare qualche anno d'impegno piuttosto pesante. Poi tutto sarebbe andato meglio.

Nell'autunno del 75 anche Raffaele faceva ormai parte dei figli più grandi e il piccolo Armando sembrava già un'esclusiva della mamma che lo coccolava oltre ogni misura.

Cominciò così ad assestarsi la nuova vita. Il lavoro a Sommacampagna, comportava qualche viaggio a Milano e a Londra.

La scuola serale di Teologia si alternava a delle sere lunghe per il lavoro che, com'era sempre capitato ad Amerio, aveva esigenze che andavano oltre l'orario ordinario. La domenica il catechismo in parrocchia, o qualche passeggiata nei dintorni. Oppure qualche visita alla famiglia di Amerio di cui Adelina approfittava per lamentare che il marito non lo vedeva quasi mai, assorbito com'era da tutti i suoi impegni.

Sembrava che lei non si sentisse per nulla partecipe del piano divino che si apriva davanti a loro, e che vivere a Verona avesse messo ancor più in evidenza il fatto che la partecipazione alla vita familiare da parte di Amerio era piuttosto carente. Come un prestigiatore lui cercava di accontentare un po' tutti, famiglia, lavoro, chiesa, scuola, ma la sua iperattività era guardata con sospetto da chi preferiva organizzare la propria vita su basi sicure.

I suoi nuovi capi ne costatavano le doti di capacità e di intelligenza, e ne approfittavano per spremerlo fino all'ultima goccia, evitando di fargli assumere nuovo personale e costringendolo a lavorare per quattro.

Tuttavia, quando riusciva a sedersi sui banchi della scuola di teologia, ritrovava la sua dimensione e sentiva che tutto quel correre era finalizzato al piano di Dio che lo voleva diacono. Sognava di realizzare questo progetto in modo che tanti lo potessero e volessero imitare, affinché nella Chiesa si diffondesse uno spirito nuovo, dove la mistica prendesse il posto della politica.

Gli insegnanti erano quasi tutti molto aperti ed era entusiasmante seguirli. Era molto diverso il modo di esprimersi di quei preti in qualità di parroci, dal modo di esprimersi quando presentavano gli insegnamenti in veste di docenti.

Lo studio della bibbia e dei vangeli si dimostrava stupefacente. Amerio cominciava a capire che la Chiesa quale si era presentata nella storia non fosse stata fondata da Cristo, ma su Cristo, dalla tradizione orale dei primi discepoli che si sentivano investiti dallo Spirito Santo. Le scritture non avevano il valore di un Corano, che è la base della religione islamica, ma avevano un valore secondario, rispetto a ciò che la Chiesa aveva tramandato oralmente.

Gli scritti erano in funzione dei tempi e dell'auditorio cui erano diretti. I miracoli erano il modo celebrativo che gli evangelisti si sforzavano di dare ai fatti della vita di Gesù, per sottolinearne i significati e gli insegnamenti.

Mi chiedo da cosa fossero scaturite le persecuzioni degli ebrei e degli eretici, la caccia alle streghe, i roghi ideologici, le crociate, la benedizione di tante guerre se nel vangelo il comandamento era non solo di non uccidere, ma anche di non profferire alcuna ingiuria verso il prossimo per non meritare il fuoco della geenna.

Sembrava che le eccezioni a quel comandamento fossero numerose. E il valore dei vangeli nullo come parola scritta. Queste però sono mie considerazioni di poco conto dal momento che non mi sento cattolica.

Amerio in realtà si sentiva consolato poiché tutti i fatti straordinari e miracolosi descritti nella bibbia e nei vangeli potevano essere considerati uno stile di chi scriveva per persuadere altri della verità dei contenuti. Questa era una chiave di lettura che poteva superare le barriere di chi non accettava i miracoli per la loro irrazionalità.

Per Amerio era anche dover negare alcune sue esperienze in cui il mistero aveva fatto irruzione nella sua vita, ma al momento non voleva porsi questi problemi. E se gli insegnamenti a quel livello erano in contraddizione con l'insegnamento catechistico doveva esserci qualche buona ragione per cui questo era permesso.

Poi c'era l'insegnamento di Morale e Antropologia filosofica. Questo era tenuto da don Lucio Tinazzi, insegnante di teologia morale e parroco di uno sperduto paese di montagna il cui nome era Masson. Don Lucio aveva ispirato subito molta simpatia all'intera classe composta di venticinque allievi. Il suo fisico aitante, gli occhi azzurri e i capelli biondi esercitavano una discreta attrazione su uomini e donne.

Quando poi apriva bocca per spiegare la lezione era suadente e calmo e riusciva a polarizzare l'attenzione di tutti e a suscitare molte domande.

Fra i suoi compagni di classe Amerio aveva simpatizzato con una suora siciliana molto bella, di cui ammirava straordinariamente gli occhi, una signora che veniva a scuola di teologia per confrontare il suo credo buddista con quello cattolico, e una ragazza universitaria, grassoccia, che frequentava i corsi di Storia all'Università di Verona e intendeva insegnare nelle scuole per l'ora di religione.

Ida era originaria di Rimini e alloggiava in un appartamentino vicino all'Adige, che condivideva con altre due ragazze. Aveva un rapporto pessimo con i suoi genitori che avrebbero voluto farla sposare con un maresciallo dei carabinieri che a lei non andava, e si era allontanata da loro con il pretesto degli studi, per sentirsi libera di trovare autonomamente la propria strada.

La morale è come il regolo per il falegname, affermava don Lucio, è solo un aiuto per seguire la direzione che uno si propone. In realtà l'essenza dell'uomo non è nella sua struttura, nella sua intelligibilità, bensì nell'intenzionalità, nel suo proiettarsi verso il futuro che ne realizza il valore e la libertà.

Cristo è libertà, diceva, e non si può racchiudere il messaggio cristiano in poche regole da seguire. Quelle sono un semplice aiuto per conoscere la propria anima. Ma non c'è anima senza corpo e non c'è pensiero senza parola. Progettandosi ci si identifica con il futuro. Ciò che ripeteva spesso era che l'uomo è antistruttura per eccellenza. Quel primo anno di teologia sembrava rappresentare la caduta degli dei. Sembrava che gli insegnamenti delle parrocchie ricevuti fino a quel punto fossero tutti da rivedere e correggere con qualcosa di cui rendersi conto, ma da tenere per sé e da non diffondere fra la gente semplice che non era in grado di capire.

Qualcuno era entusiasta di questo approccio, qualcuno temeva che fosse molto vicino a una linea di confine oltre il quale c'era l'eresia, ma l'anno era finito con due sole defezioni, per cui si preannunciava un vivace secondo anno.

Amerio aveva cominciato a fare amicizia con don Lucio e spesso gli faceva delle domande cui il prete non mancava mai di rispondere con sagacia e profondità, suscitando una crescente ammirazione da parte di Amerio.

Spesso parlava ad Adelina di questo prete così straordinario che sembrava riscrivere la dottrina cristiana e cattolica e cercava di interessarla a quegli argomenti in modo che potesse esserne partecipe, dal momento che sarebbe diventata la moglie di un diacono sposato.

Adelina però non dimostrava interesse, limitandosi a rispettare il lavoro mentale di quel difficile marito. Quando parlava della scuola di teologia ad altri preti, questi lo mettevano in guardia dalle idee troppo all'avanguardia che rischiavano di allontanarsi dalla Verità, spesso notava che antichi risentimenti, invidie, gelosie e altri cattivi sentimenti serpeggiavano fra gli uomini di Chiesa.

Comunque vedeva in don Tinazzi una figura luminosa, da cui avrebbe potuto apprendere tanto, e avrebbe potuto ricomporre le sue varie anime in un tutto omogeneo aderente più che mai al Vangelo di Cristo.

La visione morale dell'insegnante tendeva verso una morale soggettiva che non poteva essere ammessa dalla tradizione cattolica, ma si basava anche sul fatto che l'uomo è in continuo divenire e non può essere inchiodato a delle regole statiche

che ne annullino il significato profondo. L'intenzione dà significato all'azione, e che valore può avere un'azione perfetta eseguita senza un'intenzione di crescita interiore? A volte Amerio si fermava con Lucio oltre la conclusione delle lezioni e passeggiavano lungo il fiume parlando di tutto e progettandosi nel futuro. Le lontane aspirazioni a diventare prete, il matrimonio, e ora il desiderio del diaconato e di vivere il matrimonio in pienezza di grazia divina.

Don Tinazzi accennava poco alla sua vita, ma sembrava esserci un passato di sofferenza e d'incomprensioni tutto da scoprire. Amerio non capiva quali potessero essere le angosce di un uomo che aveva una mente brillante, insegnava a seminaristi e laici con competenza, riceveva elogi da tutti e aveva la sua piccola parrocchia a Masson, dove c'era una bella canonica che abitava quando non era in seminario.

Aveva una grande comunicativa per cui le sue amicizie erano vaste e diffuse in tutti i ceti sociali. Verso la fine di quell'anno scolastico don Lucio offrì ad Amerio la possibilità di recarsi a Masson la domenica, e cominciare a eseguire in pratica alcuni dei compiti che gli sarebbero toccati come diacono di lì a due anni.

Naturalmente avrebbe portato con sé la famiglia, in modo che tutti avrebbero respirato un po' d'aria di montagna con beneficio per la salute. Stabilirono una sera per incontrarsi, affinché potesse conoscere il resto della famiglia, e l'impressione di Adelina fu che gli sembrava di averlo conosciuto da sempre. Perciò accettò di buon grado di seguire il progetto e fu fissato il giorno in cui sarebbero andati tutti insieme a Masson.

Giunse la domenica della partenza e tutti furono pronti ad alzarsi dal letto e a prepararsi, l'unico che non era d'accordo era Armando, che tutto insonnolito ascoltava la madre che gli prometteva di mostrargli la capretta che brucava l'erba dei monti.

Parteciparono tutti alla messa delle dieci, estasiati dall'omelia di don Lucio che appariva un prete molto speciale, capace di farsi capire da qualunque uditorio.

Le bambine fecero subito amicizia con le coetanee del posto e Raffaele scoprì un luogo dove si allevavano maiali e ne restò folgorato.

Adelina ebbe modo di parlare con don Lucio e di cominciare a farne la conoscenza. Gli fece notare alcuni aspetti che avrebbe voluto migliorare sia in chiesa sia nella canonica e si offrì per fare qualche servigio in occasione delle sue venute. Preparò un pranzo delizioso e don Lucio sapeva complimentarsi al momento giusto, mentre le guancie di Adelina mostravano un rossore subitaneo, che nessuno aveva mai notato prima di allora.

Presero accordi per la domenica successiva, anzi decisero di andare il sabato pomeriggio così Adelina avrebbe pulito un po' la canonica e avrebbe attrezzato le due camere per tutti loro, figli compresi.

Don Lucio dormiva in una piccola stanza arredata con un letto di ferro, un inginocchiatoio e un piccolo armadio. In un angolo uno scrittoio pieno di libri. Stava preparando la tesi per un'ulteriore laurea in filosofia e divideva il suo campo di studio fra Masson e il Seminario vescovile. Ogni tanto andava a Roma per aggiornare la situazione presso i docenti della sua Università.

Si vantava di aver sempre studiato molto e di avere ottime capacità come psicologo, pur non avendo la laurea in psicologia, per i lunghi periodi in cui era stato in analisi.

Era un po' tormentato dall'asma, per cui spesso al suo parlare si accompagnavano sibili e piccoli rantoli accentuati dal fumo delle numerose sigarette che fumava.

All'epoca non aveva ancora quarant'anni e attribuiva la cosa alla sua intensa attività. L'ingresso della canonica era una porta a vetri, in quanto la porta in legno era rotta e non chiudeva bene.

Si accedeva a un corridoio che portava direttamente alla cucina, mentre sulla destra si apriva una porta su un piccolo salottino e a sinistra un'altra porta conduceva a una sala da pranzo.

L'arredamento era costituito da vecchi mobili tipo ottocento, piuttosto malandati. Attraverso una scala sul fondo si accedeva al piano superiore dove c'erano le camere su un pavimento polveroso in legno dove a volte passeggiavano i topi. Sotto la scala c'era un passaggio segreto che conduceva in chiesa e che non doveva essere utilizzato nelle ore in cui la chiesa era aperta.

Avanti alla chiesa e alla canonica vi era una piazzetta con una grande quercia e una panchina dove qualche vecchietta si fermava a volte a riposare e a scambiare una chiacchiera con qualche coetanea.

In fianco alla chiesa un oratorio, dove i ragazzi si intrattenevano a giocare con grandi schiamazzi. Quando arrivarono il sabato successivo, scoprirono che c'era già un ospite. Carla era una donna vedova di mezza età che ogni tanto saliva con Lucio a Masson e gli sistemava un po' la casa spolverando e preparando qualcosa da mangiare. Da diversi anni gli faceva qualche servizio mentre erano a Verona in cambio di qualche SS.Messa per i defunti.

Adelina fu molto contrariata per questo incontro in quanto don Lucio non ne aveva parlato la domenica precedente e lei voleva essere protagonista incontrastata della ripresa di quel luogo abbandonato da Dio e dagli uomini.

Adelina era molto seria mentre Amerio raccontava a Carla le loro intenzioni e i loro accordi con Lucio e il fatto che venivano al paese in preparazione del diaconato per cui stava studiando in seminario.

Carla fu molto compiaciuta e disse che prossimamente avrebbe portato con sé suor Geltrude che avrebbe partecipato molto volentieri alle varie attività della parrocchia.

Don Lucio capì che qualcosa non stava andando per il verso giusto e fece presente i problemi logistici per il pernottamento e l'opportunità che loro venissero di domenica mattina per andarsene nel pomeriggio. Per quella notte comunque mise un materasso nella sua stanzetta e ospitò Carla in camera sua, visto che la confidenza fra loro non mancava.

Quando poterono parlare a tu per tu Adelina e don Lucio, Adelina non mancò di esprimere il suo disappunto e di preannunciare che se avesse dovuto condividere i suoi compiti con un'altra persona non sarebbe più venuta.

Amerio era stupito di tanta determinazione. Don Lucio promise di allontanarla per un po' ma di non poter evitare che almeno venissero a partecipare alla messa domenicale. In quegli anni c'era nell'aria la moda delle comuni e di una vita comunitaria e di condivisione in tutto.

Pur essendo questa nata dalle comunità hippy americane, era assorbita anche in ambienti cattolici come reviviscenza delle antiche comunità cristiane dove tutto era condiviso e il rischio più grosso era quello di un'apertura sessuale al di fuori del sacramento del matrimonio, che sarebbe stato in stridente contrasto con la legge morale della Chiesa.

In stridente contrasto sarebbe apparso ad Amerio anche l'insegnamento di don Lucio, quando avrebbe sostenuto che il vero Amore Divino non s'identificava con l'amore di coppia di cui anzi era il superamento.

Iniziarono a delinearsi i compiti di Amerio: suonare l'armonium per accompagnare gli inni e introdurre l'offertorio. Preparare brevi commenti alle letture della bibbia e delle lettere di S.Paolo, essere presente a tutte le SS.Messe da quella delle sei del mattino.

Quella fu un'estate molto speciale per Masson. La chiesa cominciò a essere piena di gente, specialmente la domenica alle dieci, quando molte persone salivano dai paesetti vicini e la piazza si riempiva di autovetture.

Erano attratti forse dall'accuratezza delle funzioni e dal fatto che non si trattava di un evento vissuto dai partecipanti in modo distratto e abitudinario. Il perfetto ordine e la pulizia degli altari di cui si occupava Adelina, i commenti di Amerio alle scritture, che pur essendo incomprensibili ai più avevano il potere di prepararli all'omelia di don Lucio, sempre molto umana e distante da quelle prediche-propaganda-politica cui la gente era noiosamente abituata, la disponibilità alle confessioni sempre aperta e generosa da parte del parroco, facevano da esca a sempre più persone, tanto che arrivarono delle lamentele da altri parroci, che vedevano assottigliarsi il numero dei fedeli alle loro Messe.

Anche per i ragazzi c'erano delle novità gradevoli. Don Lucio aveva installato un riproduttore di cassette nell'oratorio, con una bella scelta di canzoni ballabili e lui, da vero prete moderno, dava ai ragazzi e ragazze la possibilità di ballare e di divertirsi nel pomeriggio della domenica, in modo che stessero lontani dalla droga e si formassero coppie cattoliche.

Margherita e Smeralda erano molto contente di questa opportunità e venivano a Masson sempre molto volentieri. Anche loro avevano il loro piccolo incarico che era quello di sorvegliare che tutto si svolgesse con grande divertimento, ma sempre nei limiti del consentito.

Raffaele aveva trovato alcuni piccoli amici con cui amava perdersi nelle campagne circostanti, da dove poi bisognava richiamarlo per il ritorno. Armando era sempre nel ristretto campo dell'ombra materna da cui non voleva mai scostarsi.

Don Lucio a volte lo afferrava di colpo facendolo roteare sulle sue braccia. Il gioco gli piaceva e Adelina li guardava, forse pensando che sarebbe stato un padre molto amorevole se gli fosse stato consentito di sposarsi.

A volte sembrava che fra Amerio e Lucio le parti fossero scambiate. Amerio andava spesso in chiesa a pregare, e chi non conosceva il gruppetto, si rivolgeva a lui con l'appellativo di padre, mentre a don Lucio chiedevano se c'era il parroco.

Forse anche perché Lucio vestiva sempre con pantaloni e camicia e nulla, tanto meno la sua testa piena di riccioli, faceva pensare al fatto che lui potesse essere prete.

In effetti, la sua storia cominciava a emergere, un pezzettino per volta.

Era stato "fatto prete" dalla famiglia che, avendo un numero imprecisato di figli, comunque più di dieci, aveva deciso di donare l'ultimo a Dio e l'avevano chiuso in seminario all'età di sette anni. Lui neanche immaginava quel che l'avrebbe atteso, né tanto meno a quello che sarebbe stato il pungolo della carne una volta raggiunta l'età dell'adolescenza.

Mano a mano che cresceva sentiva di non essere fatto per una vita da prete, ma quando accennava a questi suoi problemi, sia la madre sia il confessore riuscivano a ricoprirlo di sensi di colpa al punto di farlo desistere da qualunque decisione contraria.

La madre gli faceva tenerezza, aveva messo al mondo tutti quei figli per essere una buona figlia di S.Madre Chiesa e come avrebbe potuto darle il dispiacere di ritirarsi a vita laicale dopo tanti sacrifici e lacrime spesi per lui?

Qualcosa in lui si ribellava, gli sembrava che la sua vita fosse qualcosa che apparteneva ad altri e di cui non aveva minimamente il controllo. E, in effetti, giunto il giorno dei voti e dell'ordinazione sacerdotale consegnò la sua vita a Dio tristemente consapevole che non l'avrebbe più avuta indietro.

Tutti gli dicevano che era un bravo prete e ce ne fossero come lui! In realtà faceva il prete, ma non si sentiva prete e il sogno-tentazione di avere una famiglia era fortissimo. La massima parte delle sue energie era dedicata allo studio, aiutato in questo da un'intelligenza superiore alla norma, che però non avrebbe evitato delle crisi a livello psicologico per cui era stato degli anni in analisi.

Il problema non era risolto. Passava la sua vita rielaborando questo problema interiore e a volte causando danni più o meno inavvertitamente, anche approfittando della donna d'altri e causando rotture familiari.

Ma questo l'avrebbe confessato parecchio tempo dopo. La nuova amicizia con i Foglia lo aveva lusingato e aiutato nel suo difficile percorso e in quegli ultimi mesi cominciava a sentirsi meglio.

Un po' perché fruiva delle cure materne di Adelina, un po' perché si trovava proiettato in un contesto familiare di cui in qualche modo si sentiva parte, un po' perché l'amicizia con Amerio gli consentiva di realizzarsi come insegnante spirituale ed esprimere se stesso come persona superiore capace di correggere i suoi difetti, un po' perché aveva modo di alimentare positivamente la propria auto considerazione, additando con sempre maggior frequenza gli errori umani che faceva il suo amico.

Questo cominciava ad avere un effetto destabilizzante in Amerio che, abituato a confrontarsi con delle regole di Chiesa abbastanza tradizionali, si trovava spiazzato da quel prete con idee che sembravano troppo rivoluzionarie per poter essere considerate valide al cento per cento. La sua morale era troppo soggettiva, il concetto di fedeltà troppo vago, la sacralità del matrimonio del tutto inesistente specialmente nel suo caso dove si scontravano due opinioni diverse proprio su quel diaconato che era lo scopo della pratica di Amerio.

Il tutto era complicato dal fatto che Amerio aveva scelto lui come direttore spirituale e confessore e questo lo portava necessariamente a rivedere punto per punto ogni convinzione.

Don Lucio gli ripeteva spesso che il diaconato sarebbe stato il superamento della coppia, e quindi il matrimonio sarebbe passato in secondo piano davanti alla nuova missione.

Per Amerio questo era palesemente contrario allo spirito del Concilio: diaconato e matrimonio avrebbero dovuto intrecciarsi mirabilmente in una fusione sacramentale che così avrebbe dato i suoi migliori frutti.

Su questi concetti scherzava anche, e diceva ad Adelina che lei sarebbe diventata la sua perpetua, mentre il marito avrebbe assunto i suoi nuovi compiti di diacono.

Tutto questo cominciava a creare conflitti interiori ad Amerio che sentiva moltiplicarsi i suoi sensi di colpa e assisteva incredulo a una trasformazione sempre più evidente nella persona della sua Adelina. Lei che per quanto la potesse implorare non trovava mai un momento per sedersi con lui a parlare un po' o a scambiare qualche tenerezza, improvvisamente trovava il tempo per fumare una sigaretta e bere un caffè con il suo amico, senza che neppure la sfiorasse il pensiero delle innumerevoli pulizie che doveva fare in casa.

Non rifiutava i rapporti sessuali, ma ne era ancor più assente del solito. Di tutti i problemi che riguardavano i figli, parlava regolarmente con Lucio (ormai il don era saltato) piuttosto che con il marito.

In definitiva Amerio cominciava a costatare in se stesso un sentimento di angoscia, di vuoto imminente, qualcosa che gli sembrava terribilmente banale chiamare gelosia, anche perché era perfettamente convinto che nulla a livello sessuale sarebbe mai potuto accadere fra loro due, ma il peso era dato da tutto il resto. Quello sgretolarsi di un mondo faticosamente costruito da Amerio in tanti anni di auto disciplina e riflessioni personali era veramente duro da accettare.

Le settimane erano scandite da quei viaggi che avevano messo da parte qualunque richiesta di vacanze al mare e che erano così interessanti per tutti, a parte Armando che non condivideva quell'entusiasmo.

Don Lucio approfittava di ogni minimo ritaglio di tempo per aggregarsi i due più piccoli e portarli in giro per i sentieri di montagna a raccogliere erbe commestibili e aneto.

Quando Armando era stanco se lo metteva sulle spalle e gli concedeva il divertimento di vedere il mondo dall'alto.

Amerio preparava con molta cura i commenti alle letture che a volte apparivano come vere e proprie predicazioni. Lucio lasciava fare, non gli piaceva soffocare le ispirazioni con delle regole, dal momento che ne aveva subite già tante lui, e si limitava a raccomandargli di cercare di essere comprensibile a quelle persone per lo più semplici e un po' ignoranti, che frequentavano la Messa.

Aveva ripreso a smaltire il pacchetto di messe per i defunti che aveva in arretrato, e Amerio aveva fra i suoi compiti quello di far quadrare i conti della parrocchia, iscrivendo entrate e uscite sul registro di contabilità.

Avrebbe sempre potuto esserci un controllo della Curia per accertare che tutto fosse regolare. Suonare e fare i conti erano i compiti più sgradevoli per Amerio, ma sempre gli era richiesto di offrire in primo luogo i suoi talenti come servizio. Diaconato ha il significato di servizio e nell'antica Chiesa i diaconi erano quelli che servivano alle mense.

Il significato era grande in quanto tutte le gerarchie ecclesiastiche avrebbero dovuto ritrovare la loro purezza nel servizio al prossimo, dai diaconi al Papa, a imitazione di S.Stefano che era stato il primo diacono martire nella storia della Chiesa. *Servizio* era l'unico grande valore che avrebbe potuto contrapporsi a *Potere* e restituire credibilità alla Chiesa post conciliare.

Questo credeva Amerio e cercava di imprimerlo in ogni sua cellula come un credo fondamentale. In verità sembrava che la vera incarnazione del servizio fosse Adelina, che nel suo silenzio prodigava amore verso tutti, maturando nel suo cuore un nuovo rapporto con Dio, qualcosa che finora non aveva ancora scoperto e che non aveva nulla a che fare né con le astruse teorie cervellotiche del marito, né con le tristi frustrazioni dell'amico.

La sua preghiera era il silenzio e la pacifica accettazione di quel rimescolarsi nel suo cuore che la portava a comprendere e ad amare come mai era avvenuto.

Le era però sempre più difficile, per non dire impossibile, dimostrare affetto al marito, che viveva la crisi della moglie come una freddezza causata dall'infatuazione per don Lucio.

Amerio cominciava a rendersene conto. In lui si faceva avanti sempre più il tarlo di emozioni negative come la gelosia, l'invidia, la rabbia repressa come in una pentola a pressione.

La sua vocazione stava diventando il "pretesto" perché gli altri due poli del triangolo potessero rivedere la loro vita e percepirne gli aspetti più dissonanti.

A volte si chiudevano in sala da pranzo per delle lunghe confessioni che preoccupavano Amerio e nella cui segretezza non poteva certo entrare.

Era come un re in cui i confini del regno si sfaldavano sempre più e dove ognuno poteva entrare e uscire a suo piacimento senza che nessun corpo d'armata ostacolasse il via vai.

Qualche volta Carla arrivava con la sua amica suora e questo faceva indispettire Adelina, tanto quanto dava un po' di sollievo ad Amerio, che aveva la sensazione che finalmente non fosse lui solo ad accusare i problemi di relazione.

Adelina era riuscita anche a entrare in confidenza con le donne più anziane del paese, anche quelle che non potevano muoversi da casa e a cui don Lucio portava l'Eucaristia accompagnato da lei.

Amerio aveva un'anima eremitica, gli era difficile portarsi sul campo come facevano loro, preferiva passare delle ore in lacrime e preghiera davanti al tabernacolo in Chiesa.

In Agosto fecero la raccolta delle noci ancora immature per la preparazione del nocino, Adelina riceveva sempre grandi elogi per la sua capacità di preparare ottimi cibi con ingredienti essenziali e don Lucio non le faceva mancare la soddisfazione dei giusti riconoscimenti.

Quando finirono le vacanze e ripresero le scuole, fra le quali la scuola di teologia, Amerio, iscritto al secondo anno, doveva frequentare le lezioni di storia della Chiesa ed esegesi biblica esattamente la sera del sabato.

Quindi per portare avanti il programma di apostolato a Masson decisero di comune accordo che Don Lucio sarebbe salito al paesello nel pomeriggio insieme con Adelina, Raffaele e Armando, mentre Amerio con Margherita e Smeralda, sarebbero saliti sul tardi, dopo la fine delle lezioni al seminario.

Poi si organizzarono per andare su tutti insieme ad eccezione di Amerio che sarebbe arrivato sul tardi. L'autunno cominciò così ad essere molto più difficile dell'estate, l'intensificarsi del lavoro d'ufficio, la maggior austerità degli studi, il vedersi e parlarsi sempre più raro all'interno della coppia diventava pesante per Amerio, mentre Adelina sembrava che cominciasse a realizzare veramente se stessa dopo anni di ibernazione.

Questo la rendeva sempre più bella e desiderabile agli occhi di Amerio, che pure la vedeva così assente e distaccata da lui e che non sapeva da che parte incominciare per riconquistarla.

Aveva finito di esercitare un potere su di lei, il fatto di essere marito e moglie sembrava avesse perso ogni importanza, davanti al fatto di vivere triangolarmente un'esperienza nuova ed entusiasmante per sua moglie.

Quando cercava di chiederle se gli volesse ancora bene, cercando di prenderle le mani fra le sue, lei si svincolava gentilmente chiedendogli di pazientare perché stava passando un periodo particolare e non riusciva più a capire neanche se stessa.

Amerio era così preoccupato che ne parlava al suo confessore piangendo, senza che questo potesse migliorare le cose, anzi don Lucio cominciava a dirgli apertamente che lui stava soffrendo delle misere crisi di gelosia, che erano in netto contrasto con la sua vocazione, poiché avrebbe dovuto superare la sua mania della coppia e capire che l'amore vero non ha confini e che il matrimonio ha un valore propedeutico che poi va superato allargando il proprio cuore.

In seguito, quando Amerio riuscì ad aprire un dialogo con le figlie, seppe da loro che don Lucio in quel tempo le ammoniva sulla pericolosità del padre e sull'opportunità di stargli lontano. Egli infatti (così diceva loro don Lucio), soffriva di un forte esaurimento e avrebbero fatto bene, per la loro stessa salute mentale, a starne lontane e a non rivolgergli quasi la parola.

Ma questo riguardava i tempi della narrazione, tempi in cui ormai tutto si era dissolto in un'apparente chiarezza.

Arrivò il Natale, vera apoteosi di pubblico e di stile. In tutta la diocesi si era sparso il nome di Masson come centro di grande spiritualità cristiana, dove una coppia e un prete riuscivano a galvanizzare delle folle.

E' facile immaginare che se lo stesso lavoro fosse stato fatto in una grande parrocchia di città, avrebbe avuto una risonanza incredibile.

Suor Maria Letizia, la compagna di scuola di Amerio, era diventata la sua confidente, e per avere tempo e luogo adatti per parlarle andava a trovarla in convento, dove lei poteva riceverlo con discrezione e compassione, guardandolo con i suoi bellissimi occhi neri, da siciliana qual era, pieni di fuoco divino.

Letizia seguiva la storia nel suo svolgersi e, pur essendo di vedute molto larghe, consoni ai cambiamenti che anche lei desiderava avvenissero nella Chiesa, era preoccupata di certi atteggiamenti troppo individualistici di quel prete, dove sembrava che facessero gioco più i suoi problemi personali che le esigenze di rinnovamento dello spirito.

Amerio vicino a suor Maria Letizia sentiva di non essere quel matto esaurito che voleva far apparire il suo clan familiare e il suo abbraccio caldo e amorevole gli ridava un po' di quella fiducia che stava scemando a vista d'occhio.

Manteneva segreti questi incontri, per avere almeno un piccolo spazio per sé. La sua vita stava svanendo più o meno nel nulla.

114

Erano sempre più remote le possibilità che qualcuno potesse aiutarlo.

Era come il bambino in fondo al pozzo.

Fra tanti contrastanti sentimenti umani e religiosi, la confidenza fra i tre andava aumentando e Amerio fra tante brutte esperienze su cui inevitabilmente calcava la mano, doveva anche ammettere che vi erano momenti belli e toccanti, nei quali le pene erano unificate nel sacrificio eucaristico così come, era celebrato fra loro in privato.

Don Lucio era sempre più presente fra le mura dell'abitazione di Amerio, per cui spesso dopo essere rimasto là nel pomeriggio a studiare, si fermava a cena con loro e Amerio al ritorno dal lavoro lo trovava a chiacchierare con Adelina, dopo qualche ora dedicata allo studio della filosofia.

Nel frattempo le dava una mano in cucina o a tener buoni i piccoli. Era sempre più innamorato della vita familiare e sembrava che quell'esperienza gli creasse una nostalgia indescrivibile.

Dopo cena poi, una volta che i figli erano tutti a letto, rientrava nelle sue funzioni sacerdotali e rimanendo intorno al tavolo del tinello discorrevano di qualche argomento di religione, prendendo spunto dal vangelo del giorno e poi Amerio preparava il pane e il vino che sarebbe servito per celebrare il mistero eucaristico e fare la comunione insieme.

Lucio celebrava e i due rispondevano secondo il rito in un'atmosfera un po' magica dove la casa sembrava diventasse il tempio del sacrificio.

Il fascino di queste celebrazioni era grande e strideva terribilmente con i sentimenti negativi di risentimento che salivano al cuore implacabili.

Dopo il Natale si avvicinava la Pasqua e anche per quella festività erano in programma cerimonie sproporzionate all'importanza molto relativa di quel piccolo paese.

Adelina e Lucio erano saliti a Masson tre giorni prima. Amerio l'aveva vista partire in tutta la bellezza che ultimamente stava scoprendo in lei, e provava forti crampi allo stomaco. Poi decise di andare là a sorpresa la sera sul tardi.

La porta di legno che normalmente rimaneva aperta era stata riparata ed era chiusa impedendo l'accesso all'unico campanello.

Un grande silenzio regnava attorno alla canonica e Amerio girava intorno all'edificio pensando come fare per farsi aprire. Poi trovò un ramo con il quale fare del rumore alle finestre del primo piano, e Lucio si affacciò pensando che lo chiamassero perché qualcuno stava morendo.

Fu molto sorpreso per la visita e Amerio cercò subito Adelina. La trovò semiaddormentata mentre indossava il pigiama di Lucio, per lei enorme.

Così si addormentò vicino a lei, senza osare toccarla, per la presenza angosciante di quel pigiama assurdo.

La mattina gli disse del freddo e del fatto che in quel modo aveva potuto riscaldarsi, mentre Amerio era ossessionato dall'ipotesi di un adulterio consumato.

Capitolo 9

Il cammino della consapevolezza passa attraverso l'armonizzazione delle frequenze maschili e femminili prodotte dal nostro corpo di energia. Per questo abbiamo spesso bisogno di un partner nel quale rispecchiare la nostra controparte e amarla. I cambiamenti che si manifestano frequenti a livello interiore portano a volte la coppia a una situazione di ristagno.

Non serve più continuare a stare insieme come coppia. Spesso l'amore di complemento è spostato su un altro possibile partner. Quel tipo di amore non è eterno. Quando diventa vero amore non è più amore di coppia.

Il cammino è difficile per qualcuno, quando vi sono forti attaccamenti da superare. Si soffre a livello emozionale.

E' necessario guarire le proprie emozioni.

I figli degli anni 2000 sono figli che chiedono di vivere in un clima di amicizia, non di contrasti. In quel clima sono capaci di accettare le situazioni familiari più bislacche, senza risentirne affatto. Ciò che li danneggia è unicamente assorbire rancore, astio e tutte le emozioni negative che spesso ancora provengono dagli adulti. I figli sono spesso più evoluti dei genitori e sono in grado di comprendere ciò che quelli non comprendono.

A volte sanno insegnare.

Il primo gennaio del '76 fu un giorno tristemente indimenticabile per Adelina. Aveva preparato una tavola imbandita speciale in onore di Lucio, tutto era pronto, tutti erano presenti, mancava solo lui, il gigante di Masson.

Era preso da una conversazione con due donne che erano venute da San Bonifacio per parlargli e pare che l'argomento non ammettesse deroghe, anche se nessuno seppe mai il perché di quell'imprescindibile ritardo.

Passò un'ora, passarono due ore. Adelina scoppiò a piangere, appariva veramente disperata.

Era la seconda volta che Amerio la vedeva piangere. La prima era stato quando Carla aveva buttato via una pianticella che lei stava curando e riprendendo con molto amore.

L'isolamento per Amerio era sempre più forte e cresceva sempre di più quel senso di solitudine interiore che non sentiva ancora di riversare neanche sui propri fratelli, che pensavano tutto andasse molto bene e secondo le sue migliori aspettative.

Don Lucio cercava di accelerare le cose e aveva parlato con il Vescovo onde ottenere per il suo figlio spirituale il primo grado di ordinazione, l'accolitato, che avrebbe preceduto gli altri fino ad arrivare al diaconato.

Gli aveva espresso anche il desiderio che il loro operato presso la parrocchia di Masson fosse ufficializzato e Sua Eccellenza avrebbe seguito con molto interesse l'esperimento.

Presto sarebbe stato lieto di conoscere Amerio. Quest'ultimo aveva l'impressione di essere sospinto qua e là e che non fosse più alla guida di se stesso, né che il suo rapporto con Dio fosse al primo posto.

Un folle ingranaggio lo stava portando fuori del suo matrimonio e del suo percorso, senza che si verificasse neanche una circostanza di quelle che lui aveva intravisto in passato per il proprio futuro di diacono sposato.

Continuava a pensare che se non avesse potuto realizzarsi come diacono sposato, non si sarebbe realizzato neanche come diacono e basta. Prima o poi pensava che avrebbe dovuto spiegarlo al Vescovo.

Certo lui avrebbe capito il suo punto di vista. Ormai la sofferenza aumentava sempre più, i colleghi lo vedevano perennemente con gli occhi rossi per il pianto trattenuto e non sapevano cosa pensare di lui. Certo aveva grossi problemi familiari.

Sapevano che voleva diventare un diacono sposato, ma non capivano quale interesse potesse avere a voler realizzare una simile cosa.

Il suo capo gli chiedeva cosa stesse succedendo e volendo saperne ancora di più, un giorno invitò Don Lucio per un colloquio segreto che gli servisse a inquadrare la situazione.

Il prete gli disse tutto ciò che gli passava per la mente, che il Foglia aveva intrapreso una strada per la quale forse non era ancora maturo, e il grande capo disse che ultimamente si era effettivamente notato un calo nel rendimento sul lavoro.

Quando in seguito seppe di questo colloquio di cui Don Lucio stesso gli avrebbe parlato dopo qualche mese, Amerio cominciò ad avvertire degli impulsi omicidi. Finalmente capiva che aver voglia di uccidere un uomo non era poi una cosa tanto lontana dal suo animo, e quanto più si accendevano questi pensieri, tanto più i sensi di colpa lo schiacciavano in una merda pazzesca da cui non riusciva più a districarsi.

Più pregava e più si disperava. Un giorno mentre recitava il rosario guidando l'auto, non vide il rosso ed evitò un incidente mortale per un puro caso.

Si rendeva conto di essere un pericolo per sé e per gli altri e si domandava se doveva farla finita con un bel suicidio dimostrativo.

Quando giungeva a Masson era preso da una tosse spastica che gli toglieva il respiro. Avrebbe saputo poi che la sua era un asma bronchiale piuttosto importante, aggravato dal fatto che aveva ripreso a fumare due pacchetti di sigarette al giorno, da quando aprendo la sala vide i due che fumavano e Lucio gli disse accennando alla sigaretta:

-Vedi, tu non vuoi partecipare a queste gioie familiari...-

Venne anche la preparazione della Pasqua. Tutto era perfetto, Lucio aveva fatto venire due preti dal seminario per fare una celebrazione solenne, tutto fu preparato nei minimi particolari e Amerio, come un automa, eseguiva tutto ciò che c'era da eseguire lanciando messaggi disperati attraverso i commenti alle letture che diventavano sempre più commoventi.

Tutti gli abitanti di Masson erano più o meno coinvolti nella celebrazione e il risultato era stato splendido. La chiesa era gremita, e la gente in piedi era persino fuori della porta.

In quei giorni Don Lucio mandò Amerio dalle suore a farsi prendere le misure della tunica bianca che avrebbe indossato per ricevere l'Accolitato.

Tutto dall'esterno sembrava andare molto bene, ma da qualche parola che riusciva a scambiare con Adelina si capiva che don Lucio era definitivamente in crisi con il suo sacerdozio e cominciava a pensare seriamente alla possibilità di ottenere la dispensa dai voti per potersi sposare e avere una famiglia.

Adelina diceva che già diversi suoi amici preti avevano fatto questo passo, e il Vescovo li aveva anche aiutati a trovare un lavoro, accettando di farli sposare in chiesa. Evidentemente la prima motivazione era di evitare degli scandali.

Lucio avrebbe dovuto comunque prima ottenere la laurea in filosofia, onde poter aspirare a un posto d'insegnante in una scuola superiore.

Amerio era terribilmente perplesso davanti a queste semplici ipotesi, a lui Lucio non parlava di queste cose, evidentemente preferiva parlarne con la sua confidente Adelina che a sua volta sicuramente le manifestava la crisi nei confronti del matrimonio.

Arrivò un giorno terribile in cui Adelina affermò, davanti alle continue richieste di Amerio:

Ecco, io per la verità ti sento come un estraneo, non ti sento più mio marito.-

Le gambe non lo reggevano più in piedi. Di lì a poco si ammalò d'influenza. Stava troppo male per una semplice influenza. Il medico sentenziò: polmonite.

Con un ciclo di iniezioni a base di cefalosporine tutto si risolse apparentemente in una settimana. In realtà il peggio doveva ancora incominciare. Lo shock anafilattico per allergia agli antibiotici gli aveva ridotto la pressione a quaranta, il medico presso il quale lo aveva accompagnato don Lucio ordinò un ricovero urgente in ospedale. E là trovò una intera equipe che quasi disperava di salvarlo, pur tuttavia faceva il possibile per lui.

La suora che stava a capo degli infermieri gli prendeva il polso e girava gli occhi verso il cielo.

Adelina e Lucio venivano sempre insieme a trovarlo e Amerio non capiva perché la sua sposa non sentisse il desiderio di parlare con lui da solo a sola almeno in quei momenti che potevano essere gli ultimi della sua vita.

Arrivavano insieme, gli parlavano delle cose che stavano facendo a Masson, poi se ne andavano rassegnati e tranquilli.

Amerio fantasticava che stessero aspettando la sua morte per potersi sposare senza alcuna difficoltà. E sentiva che l'appuntamento con il suo minuto finale si avvicinava sempre di più.

Il tempo passava e l'ospedale non accennava a dimetterlo. Era passato un mese e mezzo e i controlli sugli edemi delle gambe erano accurati e continui.

Un giorno, dopo una di quelle visite inutili, mentre i due si allontanavano ridendo, sentì di odiarli entrambi dal profondo del cuore e decise che voleva vivere, per riprendere a vivere una vita lontana da loro, ricominciando tutto da capo. Non era un ragionamento. Era più un'istanza interiore che si faceva spazio attraverso i sensi di colpa.

Ora si sentiva colpevole anche del fallimento di don Lucio e contemporaneamente avvertiva un'ondata di odio irrefrenabile. Normale da un punto di vista psicologico, anche se assurdo.

Si misurava anche con il suo passato, considerando se queste sofferenze potessero essere la punizione divina per quell'errore giovanile che aveva compiuto con Sara e di cui non aveva fatto altro che pentirsi per tutti quegli anni, ma non sapeva darsi una risposta.

Gli venne finalmente chiesto dai medici dell'ospedale se voleva essere dimesso, o se preferiva essere spostato al reparto chirurgia per una colecistectomia.

Amerio voleva soltanto tornare a casa e risolvere rapidamente tutto quel che c'era da risolvere. Lucio gli fece trovare la tunica pronta. Aveva già fissato con il Vescovo il giorno per l'ordinazione all'accolitato. Si trovò davanti un uomo piuttosto aggressivo come non l'aveva conosciuto fino ad allora. Gli rispose che non se ne faceva più niente. Se non poteva essere un diacono sposato, non sarebbe stato altro che un marito separato, dal momento che la moglie lo percepiva come un estraneo.

Lucio gli disse di non disperare, che non tutto era da considerarsi perso.

Capitolo 10

A volte vivere è difficile. E' difficile vivere noi stessi come realmente siamo. Non ci sentiamo allineati a quel che i nostri condizionamenti interiori o le richieste dell'ambiente esterno richiedono. E allora impariamo a usare a piene mani l'arte dell'estetista. Cominciamo a darci dei trucchi leggeri, poi sempre più pesanti, finché quei trucchi diventano delle maschere, da cui è molto difficile liberarsi. E' più facile sovrapporre trucchi ad altri trucchi, piano piano perdiamo il senso della nostra vera identità. Quando a metà percorso della nostra vita, la sofferenza cresce e vogliamo capire veramente chi siamo, non ci rimane che risalire ai più lontani ricordi e riscoprire il nostro bambino interiore che è rimasto a lungo ad aspettarci, tristemente solo, tristemente abbandonato. Solo quel bambino è in grado di smascherarci e di togliere tutti quei trucchi sovrapposti l'uno all'altro come croste successive di un antico affresco. Quando avremo ripreso il cammino tenendo per mano il nostro bambino interiore, avremo capito cosa significa struccarsi e vivere.

Lucio consigliò ad Amerio di recarsi tutti al Consultorio matrimoniale presso l'Ospedale di Borgo Roma a Verona, dove avrebbero parlato con uno psicologo e un sociologo, tutti i componenti della famiglia, compreso lui stesso, e soltanto dopo avrebbero preso una decisione.

Ad Amerio sembrò una soluzione ragionevole, ma abbastanza strana, poiché per mesi gli aveva fatto una specie di lavaggio del cervello continuando a ripetere che il loro matrimonio non funzionava, che Adelina non aveva il coraggio di reagire, ma in realtà per lei il matrimonio era finito da un pezzo, che lui non faceva altro che registrare la realtà dei fatti e che non era per niente la causa di tutto quel che stava accadendo.

Nel frattempo diceva alle figlie che il loro padre vedeva la madre come in una nuvoletta rosa, completamente al di fuori della realtà, e tutto questo era dovuto al suo squilibrio psichico.

Questo l'avrebbe saputo qualche tempo dopo, altrimenti probabilmente non avrebbe accettato di recarsi dallo psicologo. Don Lucio accompagnò Margherita e Smeralda. Poi andò

Amerio. E poi Amerio con Raffaele e Adelina. Quest'ultima non rispose neanche a una domanda, per il resto i colloqui furono abbastanza fluidi.

Il risultato fu l'invito fatto ad Amerio a lasciar andare il matrimonio. La convivenza nel loro caso, dicevano, sarebbe stato un pericolo per i figli.

Molto meglio vivere con la consapevolezza di avere dei genitori separati, che non in un'atmosfera psichicamente nociva. Forse Adelina era tornata là con Lucio.

Le ultime novità erano che Amerio rappresentava un pericolo per i figli ed era meglio isolarlo. Non seppe mai se si fosse trattato di una macchinazione o se l'equipe era veramente convinta di quel che affermava.

Per chiarirsi meglio le idee tornò là e quelli molto amichevolmente gli dissero che la soluzione rimaneva quella della separazione:

- Non ha visto come ha reagito sua moglie? Non ha fatto una sola parola!-

I fratelli di Amerio finalmente vennero a sapere l'evolversi dei fatti e non vedevano altra via che la separazione. Anche i genitori di Adelina ritenevano opportuna la separazione.

Era ormai estate, e Adelina propose di portare al mare i figli. Trovarono un appartamento in affitto per un mese a Bellaria. Amerio sarebbe venuto soltanto l'ultima settimana, poiché non avrebbe potuto allontanarsi di più dal lavoro.

Chiese ad Adelina di utilizzare quel tempo per pensare al loro futuro.

Le chiese di non ospitare don Lucio, almeno quello!

-Va bene- le disse lei, -stai tranquillo e non ti preoccupare.-

Arrivò il giorno tanto atteso in cui si sarebbe finalmente incontrato con Adelina. Era quasi sera. Il piccolo Armando aveva ormai quasi tre anni. Come lo vide gli andò incontro. Si abbracciarono e decisero di fare quattro passi fino alla spiaggia. Armando gli chiese di abbassarsi e gli disse in un orecchio: "Sai papà, c'è stato don Lucio! E c'è stato tanti giorni!"

Amerio lo strinse al cuore, e gli volle un gran bene per la sua onestà e trasparenza di bambino che aveva capito il nodo della sua sofferenza e glielo voleva sciogliere.

Fu un momento di complice intesa, che purtroppo non si sarebbe mai ripetuto. Stavano ormai per perdersi, come padre e come figlio!

Quando Amerio vide Adelina le disse con fare accusatorio:

-so che hai ospitato don Lucio-

Questa è la considerazione che hai per tuo marito! Lei disse soltanto: -Non potevo mandarlo via.-

E poi lasciò che si sfogasse come meglio credeva. Sembrava che quella fosse l'ultima settimana di convivenza, ma non fu così.

Amerio volle tentare ancora di avvicinarla, fissando degli incontri settimanali nei quali potessero andare a sedersi in un bar e potessero parlare liberamente per vedere se era possibile ricucire quel povero malandato matrimonio.

Tutto si risolveva in un tormento per Adelina che non vedeva l'ora di liberarsi da quell'incomodo e di potersi incontrare liberamente con il suo amico che Amerio non voleva più vedere.

Arrivò una telefonata di don Lucio che gli disse di fissare un appuntamento per parlarsi da uomo a uomo. Fissarono le cinque del mattino sulla piazza di Castel Teodorico. Sembrava quasi una sfida a duello, e Adelina, in effetti, era molto preoccupata, mentre Amerio stava seriamente pensando alla possibilità di andare all'appuntamento armato di una pistola.

Poi pensò che in fondo se Lucio avesse voluto ucciderlo, non avrebbe fatto altro che completare l'opera già iniziata, Amerio non aveva più niente da perdere.

Questo almeno era quel che pensava. Quel che lo aspettava era quasi peggiore di un omicidio.

Molto cordialmente gli disse che lui era innamorato di Adelina e che avrebbe voluto sposarla.

Per far ciò avrebbero dovuto ottenere l'annullamento del

matrimonio, cosa non impossibile al momento in cui fosse dimostrato che Adelina al momento del matrimonio non aveva la libera intenzione di volersi sposare, e che anche lui reggesse questa tesi. Sembrava che il fatto di avere quattro figli fosse secondario e che l'importante fosse basarsi su cavilli ben documentati che facessero risultare il matrimonio falso fin dall'inizio.

Dopo di che avrebbe chiesto la dispensa dai voti e avrebbero coronato il loro sogno d'amore. Nel frattempo lui avrebbe potuto completare il suo itinerario per il diaconato. Amerio pensò che se avesse portato la pistola forse l'avrebbe usata, o forse era meglio di no. Non capiva se quella fosse una presa in giro per smontare definitivamente i suoi tentativi di riavere Adelina per sé o se veramente Adelina avesse finto così bene per tutti quei mesi.

Ti rendi conto, gli disse, che finora volevi farmi passare per pazzo, mentre ora mi stai confermando che ci vedevo benissimo? - Eh! - disse lui- così è la vita!-

Ora questi fatti erano molto vicini al momento in cui me li raccontava, e voleva sapere da me cosa ne pensavo, giacché ancora non era arrivato ad alcuna conclusione su tanti fatti accaduti.

Troppo difficile sarebbe stata qualunque risposta. Quando nell'anniversario del matrimonio le aveva chiesto se si ricordasse di che giorno era, lei aveva risposto: -E' un giorno come un altro -.

Una risposta così faceva capire che già da vari mesi aveva chiuso con il matrimonio. Sembrava che nulla fosse accaduto, dopo l'incontro a Castel Teodorico. Adelina diceva che non sapeva niente di tutti quei progetti di Lucio, per lei era semplicemente un amico e tale sarebbe rimasto.

Però intendeva continuare a vederlo, cosa che avveniva regolarmente mentre Amerio era al lavoro. Alla fine Amerio propose ad Adelina una separazione consensuale che mettesse fine a tutte quelle incertezze e Adelina accettò.

Andarono da un unico avvocato e firmarono la separazione pensando che quello fosse la fase conclusiva di un lungo travaglio. Quando si salutarono uscendo dall'avvocato Adelina gli fece il più bel sorriso della sua vita, e ognuno andò per la sua strada.

Amerio aveva trovato un appartamento ammobiliato a Isola

della Scala per sé e per le figlie, e la prima notte nessuno di loro tre si ricordò di chiudere la porta, sicché dormirono con l'appartamento aperto.

Poi lentamente cercarono un nuovo equilibrio che per le figlie era altrettanto difficile che per il padre.

Fu allora che Amerio cominciò a frequentare la mia casa e a raccontarmi ogni particolare della sua storia che io raccoglievo con degli appunti al mattino seguente, giacché in tutta quella vicenda così umana e toccante intravedevo un interesse anche a livello sociologico.

Alcuni fatti continuavano a verificarsi anche in quei mesi. Aveva continuato a mantenersi in contatto con suor Maria Letizia che lo seguiva e lo confortava come poteva e che per lui era stata un angelo in tanto abbandono. Quale non fu il suo dolore il giorno in cui seppe che era morta sul colpo investita da un'auto mentre correva in bicicletta dal convento al seminario!

Era stato al suo funerale e per tre giorni aveva continuato a sentire la sua presenza. Avvertiva una forte sudorazione per tutto il corpo e sentiva il bisogno irresistibile di prendere carta e penna. Cominciava a scrivere, non sapeva neanche lui che cosa. Quando si riprendeva e leggeva lo scritto, trovava dei messaggi di suor Maria Letizia che lo incoraggiavano ad andare avanti e a non arrendersi mai sulla via del bene. Avrebbe avuto molte cose da fare e una quinta figlia l'avrebbe consolato di tutte le perdite subite.

Avrebbe dovuto perdonare tutti e non serbare alcun rancore per nessuno perché tutti erano in cammino e la meta finale di ognuno era sempre Dio, quel Dio che manda il sole e la pioggia a tutti i suoi figli e per cui tutti sono uguali.

In vita lei amava immensamente le rose e non poteva soffrire i lilium. Nei messaggi gli scriveva: - Ecco ancora lilium!-.

Amerio andava al cimitero e trovava dei lilium freschi che qualcuno aveva portato.

Pensava che quello potesse essere un segnale di presenza per dimostrarle che lei era veramente presente e vigilante su tutto quel che accadeva. Gli descrisse molte cose del suo futuro che apparivano inesplicabili e forse un giorno avrebbero trovato riscontro.

Dopo tre giorni Amerio sentì un fortissimo profumo di rose, laddove non vi era alcuna rosa. Allora capì che Suor Maria Letizia stava volando in cielo e che quello era il suo ultimo saluto.

Un altro giorno arrivò dicendomi: -Sai Bruna? Monsignor Vescovo ha fatto intendere a certi miei amici che vorrebbe parlarmi, e che devo chiedergli udienza. Che sarà?-

Ottenne subito l'udienza e il Vescovo gli disse che un certo don Tinazzi gli aveva detto che Amerio Foglia si sarebbe rivolto a lui per ottenere il riconoscimento di nullità del matrimonio.

-Si ricordi, gli disse, che mai consentirò un simile annullamento. Mi risulta che don Tinazzi continua a frequentare sua moglie e spesso il suo parroco li vede insieme. Inoltre porta i suoi figli a spasso la domenica e non si comporta più da prete. Lui vorrebbe essere dispensato dai voti per unirsi a sua moglie, ma mai consentirò una simile cosa. E lei si occupi dei suoi figli e lasci stare il diaconato. Le ripeto: si occupi dei suoi figli! -

Quanto a don Tinazzi io non favorirò neanche il suo inserimento nel mondo del lavoro. Nessuno dovrà offrirgli un lavoro e se vorrà sottrarsi ai suoi doveri di prete, dovrà andarsene all'estero!-

Questo era presso a poco quel che ricordava, e che aveva serbato nella memoria nella forte emozione del momento. Gli era rimasta impressa l'espressione indignata del presule. A quel punto si chiese perché non era andato lui stesso molto tempo prima a parlare con il vescovo? Ormai che importanza poteva avere? E poi per coscienza non avrebbe potuto farlo, salvo mettere a repentaglio un'eventuale possibilità che quel prete ritrovasse il senso della propria vocazione e tornasse a fare il prete.

Che Lucio frequentasse la casa non gliene importava più nulla, ormai Amerio aveva preso in affitto una casa per sé dove poteva finalmente stare in pace a leccarsi le ferite.

La Chiesa non lo voleva più. Un breve contatto nella nuova parrocchia gli aveva fatto capire che ormai era fuori e in occasione di un prossimo divorzio sarebbe stato addirittura fuori di qualunque comunità cattolica.

Aveva perso i figli, la moglie, le amicizie, l'attività catechistica, la sua più cara amica morta di recente. Le figlie erano quasi sempre dalla madre e venivano solo per dormire o per incontrare i loro nuovi amici, il padre stava per essere vinto dal morbo di Parkinson e con difficoltà riusciva a seguire le evoluzioni del figlio.

In un momento di reminiscenze decise di andare a rivedere Sara, dopo tutti gli anni che erano già trascorsi. Lei fu molto gentile e ospitale. Le disse che si era finalmente avverato quel che lei aveva previsto tanto tempo prima. Amerio la vedeva così diversa, così invecchiata.

Gli sembrava un'altra donna, con un odore molto diverso. Ancor più quando lei gli confidò di aver avuto altre storie e di soffrire ancora dannatamente per l'ultimo abbandono, il peggiore della sua vita. Amerio era esterrefatto. Quel ricordo di lei che aveva serbato per tanti anni nel cuore, non coincideva più con la realtà. Tutto andava sgretolandosi in qualcosa di estraneo alla sua vita. L'ultimo atto fu il ritorno delle figlie alla madre, che Amerio non volle impedire perché non si creasse una barriera fra i fratelli. E poi le ragazze sentivano molto il bisogno della madre e ancor più della nonna che continuava a incitarle a ritornare.

In quei giorni l'onorevole Moro era stato ucciso dopo una lunga prigionia in circostanze che nell'apparente chiarezza sarebbero rimaste sempre misteriose. Il mondo era cambiato. Si profilavano vent'anni di vuoto. Vent'anni per preparare il nuovo millennio. Vent'anni erano necessari anche ad Amerio per guarire le sue profonde ferite. Quando lo incontrai agli inizi del duemila, dopo tanti anni di silenzio, a mala pena mi riconobbe, mentre io lo riconobbi subito.

Gli chiesi se potevo scrivere e descrivere quel che avevo conosciuto di lui. Mi disse: -Puoi descrivere tutto, ma non la nostra prima e ultima notte d'amore.-

Allora gli chiesi l'indirizzo per inviargli il manoscritto.

Indice